邓·云·乡·集

# 红楼风俗谭

图文精选本

中华书局

## 图书在版编目(CIP)数据

红楼风俗谭:图文精选本/邓云乡著. —北京:中华书局,
2024.8.—(邓云乡集).—ISBN 978-7-101-16732-0

Ⅰ.I207.411

中国国家版本馆 CIP 数据核字第 2024GG8886 号

| | | |
|---|---|---|
| 书　　　名 | 红楼风俗谭(图文精选本) | |
| 著　　　者 | 邓云乡 | |
| 丛 书 名 | 邓云乡集 | |
| 策划统筹 | 贾雪飞 | |
| 责任编辑 | 黄飞立 | |
| 装帧设计 | 刘　丽 | |
| 责任印制 | 管　斌 | |
| 出版发行 | 中华书局 | |
| | (北京市丰台区太平桥西里 38 号　100073) | |
| | http://www.zhbc.com.cn | |
| | E-mail:zhbc@zhbc.com.cn | |
| 印　　　刷 | 北京中科印刷有限公司 | |
| 版　　　次 | 2024 年 8 月第 1 版 | |
| | 2024 年 8 月第 1 次印刷 | |
| 规　　　格 | 开本/787×1092 毫米　1/32 | |
| | 印张 10　插页 11　字数 140 千字 | |
| 印　　　数 | 1—5000 册 | |
| 国际书号 | ISBN 978-7-101-16732-0 | |
| 定　　　价 | 69.00 元 | |

# 出版说明

邓云乡（1924.8.28—1999.2.9），当代著名作家、民俗学家、红学家。1936年初随父母迁居北京，1947年毕业于北京大学中文系，1956年因工作调动定居上海。

邓先生出身于书香世家，少年迁居北京后，于长辈亲族处耳濡目染，且游走于俞平伯、谢国桢、顾廷龙、谭其骧等前辈学者间，对旧京遗事、燕京风物、北平民俗等熟谙于胸，在著作中娓娓道来却让人耳目一新，被谭其骧先生称为"不可多得的乡土民俗读物"，是呈现书香文脉、补益时代人文的优秀文化读本。同时，邓云乡先生长期从事《红楼梦》研究，以着重生活风物、服饰饮食等考证著称，更因《红楼风俗谭》一书成为87版电视剧《红楼梦》唯一的民俗指导。

邓先生学养深厚，笔耕不辍，著作等身。2015年中华书局出版的《邓云乡集》17种，囊括了他绝大部分著述，出版以来广受好评。今在其百年诞辰之际，推出图文精选本，择其代表著作中迄今仍引领阅读风尚者，每册约取六至八万文字，配以相关必要图片，以便读者借助文史大家的提点，便捷地领略中华民族博大精深的文化魅力。

中华书局2015版《红楼风俗谭》原有57篇文章，今选其中20篇，以见其书大旨。若读者希望完整了解《红楼风俗谭》一书，请阅读邓云乡先生原作。

中华书局上海聚珍编辑部

2024年7月

红楼风俗谭

丙寅孟春

許寶騤書

# 目　录

# 过年·忙年·年事

《红楼梦》第十八回写元春省亲前的准备工作云：

> 本上之日，奉旨："于明年正月十五日上元之日贵妃省亲。"贾府奉了此旨，一发日夜不闲，连年也不能好生过了。

最后一句，加重说明了贾府的忙碌，也特别可以看出对过年的重视。从古至今，都是如此，现在虽然过旧历年已改称"过

春节"，内容简单多了，但仍然要买些年货，最起码江南人家还要吃顿年夜饭；北方人家，还要吃顿煮饽饽，通称包饺子。可见这古老的风俗，影响到民间，多么悠久而深广了。

"年"字，按古文的写法，是一个象形字，有头有尾，脚向四面伸开，像一个大壁虎，据说是一种很可怕的爬虫，一岁之中，人家不遇到它，最好了，便平安无事度过了，因此烧一堆篝火，弄一些好东西大家好好吃一顿，以资庆祝，这就叫作"过年"。先民故事，代代流传，渐渐大概这种爬虫没有了，而这天吃好东西以示庆祝的故事依然存在，这些变成纯粹的欢乐庆祝，又和岁首联系起来，春王正月第一天，元旦，这种欢庆吃喝的事，就不是庆祝没有遇到可怕的爬虫，而是欢庆除旧迎新的岁首，这就变成后来的"新年"和"过年"了。

《红楼梦》各回书中，写到过年的很多，而着重描绘，专写过年的则是第五十三回、第五十四回。第五十三回云：

当下已是腊月，离年日近，王夫人和凤姐儿治办年事。

第五十五回开头云：

且说荣府中刚将年事忙过，凤姐儿因年内年外操劳太过，一时不及检点，便小月了。

前者是"治办年事"，后者是"将年事忙过"，在这两句话中间，夹着洋洋洒洒，将近两万字的花团锦绣的好文章，不唯将荣、宁两府过年的情况写得如火如荼，跃然纸上，而且也生动地记录了二百多年前过年的生活细节，是研究风俗史的好材料。

前引两句话，中间隔着一个半月多的时间，开头是腊月初，结束是正月十八，而尚有"亲友来请，或来赴席的，贾母一概不会……"可见正月十八之后，新春饭宴，请吃春酒，尚时有举行者。这是"过年"的余波，一直拖拖拉拉，到二月二"龙抬头"那天为止。可见昔时所说"过年"，差不多年前、年后，陆陆续续有两个月的时间了。

从气氛上讲，过年大概要表现在忙乱、欢乐、哀愁三个方面。《红楼梦》中说"治办年事"，"内外上下，皆是忙忙碌碌"，贾珍说"真真是别叫过年了"，"不和你们要，找谁去"，以及荣府家宴所叙，"当下人虽不全，在家庭小宴，也算热闹的"等等，都从文字表面，从文字背面，充分表现了这三种过年的气氛。忙乱是事情多。在经济方面，欠人家的要准备偿还，人欠的要准备索取，商号、人家一年的收支要结算，过年的费用要筹措；在家庭方面，要买年货，要做新衣，要办年菜，要准备敬神祭祖，要安排送礼拜年请客，等等；在社会上各种娱乐活动，都在积极筹备，各寺庙也都在准备各种敬神活动。总之，社会上各行各业的人都围绕着年事忙乱，所以贾府中"内外上下，皆是忙忙碌碌"。

欢乐的气氛自然表现在整个社会上，表现在万象皆新上，表现在家庭团圆饮宴上，表现在种种娱乐活动上，而更多的则表现在儿童身上、青少年身上，似乎古今同出一辙，《红楼梦》中自然也是如此。

哀愁方面那就多种多样了，"一年将尽夜，万里未归人"，团聚之家欢乐是普遍的，"万里未归人"之家的哀愁就是孤独的。有钱还账，有钱过年的人家是欢乐的；那无钱还账，急着发愁过不去年的便是无限忧伤的。大人发愁过不了年，而孩子不懂，天真地企恋于过年的欢乐，这就更是无限凄凉的情景了。这样在过年欢乐的同时，又有多少人在不同程度地焦急着、忧虑着，甚至哀伤哭泣着……比如乌进孝作为宁国府的庄头向贾珍交租时，贾珍说他缴纳得少，说他打擂台，说"这够做什么的"等等，这是在贾府字面上的文章。如果想得远一些，乌进孝在庄子上挨家挨户逼迫收租时，有多少寒门小户、孤儿寡妇因为交不出三五斗租米、一两八钱银子，被逼得走投无路，小则节衣缩食，大则借债典当来凑钱交租子呢？从几十家、几百家人家聚敛来的这些钱、粮食、山珍海味，送到宁国府，贾珍嗔怪乌进孝，嫌少，说是"真真是别叫过年了"；那么，那些被逼迫交租金、租米、山珍海味的小户庄稼人，又如何过年呢？这就是前面所说过年期中浓厚的哀愁气氛。旧时代过年时，普遍又有"急景凋年"的说法，可见过年之不易了。

《红楼梦》所写过年，大体说是那时北京过年的风俗反映。比如说过年忙碌吧，似乎就与现在大不相同。《日下旧闻》引明人《帝京岁时纪胜》云：

> 腊月，诸物价昂，盖年景丰裕，人工忙促，故有腊月水土贵三分之谚。高年人于岁逼时，训饬后辈，谨慎出入，又有"二十七八，平取平抓"之谚。

近人沈太侔《春明采风志》云：

> 凡年终应用之物，入腊，渐次街市设摊结棚，谓之蹿年……买办一切，谓之忙年。

也许有人问，过年只是正月初一一天，顶多包括除夕、除日，以及前一天晚间，即江南所说的大年夜、小年夜，以及正月初二、初三，最长也不过三五日，如前所说拖拉一两个月，都做些什么呢？首先在这年前、年后一个半月甚至两个月中间，还有好多零星节日，来凑这一时期的热闹，不妨按日程略加细说。

这些日程在《红楼梦》中也都有反映。一进腊月，初八日是腊八，要吃腊八粥，馈送亲友，即第十九回《意绵绵静日玉生香》宝玉说林子洞故事所说的。这故事早在孟元老《东京梦华录》中，就有明确记载："初八日……诸大寺作浴佛会，并送七宝五味粥与门徒，谓之'腊八粥'。都人是日各家亦以果子杂料煮粥而食也。"此风一直到现在有些地方还延续着，可见其源远流长了。京师旧俗，腊八日还要以蒜浸醋，至元日蘸煮饽饽（水饺）食之，谓之腊八醋、腊八蒜。

过了腊八，积极进入年事的准备阶段。首先是大扫除，旧时谓之"掸尘"，包括打扫房屋，粉刷墙或糊墙纸，糊窗户，贴窗花，如深宅大院，这工作量很大。第五十三回写"且说贾珍那边开了宗祠，着人打扫，收拾供器，请神主，又打扫上屋，以备悬供遗真影像"。这里扫房还只是捡主要，约略一写。实际自然很多人的房屋都要打扫。清代北京俗曲《十二景》云：

腊月里，整一年；封印后，官事完。扫房与祭灶，多忙乱，百般样子东西买得全。贴门神，挂对联，纸马香稞神前献。

封印是各大小衙门把印信、关防加封条锁起，停止办公，不再用印。《燕京岁时记》云："每至十二月，于十九、二十、二十一、二十二四日之内，由钦天监选择吉期，照例封印，颁示天下，一体遵行。"封印之后，梨园封台，即各戏班、戏馆亦择日封台，停演十余日，俟元旦再首演《天官赐福》开台戏。另外各私塾，也解馆放学，欢度新年。《燕京岁时记》也有记载云："儿童之读书者，于封印之后，塾师解馆，谓之'放年学'。"近人沈太侔《春明采风志》亦记云："放年学，私塾封印放学，至明年开印上学，专馆则除夕、上元各放数日而已。"所说"专馆"，就是富有之家为子弟专门请的家庭业师，如《红楼梦》中之贾雨村受聘于林如海府中，专教林黛玉。放年学在《红楼梦》中也有反映。第二十回写贾环与莺儿等人赶围棋赖账前道：

> 彼时正月内，学房中放年学，闺阁中忌针黹，都是闲时，因贾环也过来玩。

第五十四回贾母对梨香院文官等人说：

> 大正月里，你师父也不放你们出来逛逛？

都反映了当时学中，专馆过年放年学的情况，也像现在放寒假一样，时间长短也差不多。不过当年私塾一般没有暑假。

腊月二十三或二十四祭灶，也是很古老的风俗。宋人孟元老《东京梦华录》云："二十四日交年……帖灶马于灶上，以酒糟涂抹灶门，谓之'醉司命'。"后世用饧糖（北京叫关东糖）祭灶，谓之糖瓜粘，北京俗曲所谓"二十三，糖瓜粘；二十四，扫房日……"此风似乎在北宋开封时还没有，等到南宋时，便有记载了。吴自牧《梦粱录》记云："二十四日，不以穷富，皆备蔬食饧豆祀灶。"饧是为了粘东厨司命的嘴，豆是给灶王马匹上天时加的料，设想周到，此风大约从南宋时就形成了。《红楼梦》中没有具体细写祭灶的事，只在腊月二十九日晚间的描述中道："那晚各处佛堂、灶王前焚香上供。"二十三或二十四，祭灶是灶王上天，所以联语写"上天言好事；回宫降吉祥"。除夜迎神，再接新灶王回来。买一纸龛、一木版印彩色尺许高灶王像，谓之"灶马"，贴于灶前，贴近一年，二十三祭灶时取下焚化。像做白面三捋髯官帽红圆领（明代官服），并做男女像，俗谓灶王爷、灶王奶奶，且谓姓赵，亦十分奇怪。明人冯应京《月令广义》云：

燕俗，图灶神，镂以木，以纸印之，曰"灶马"。士民竞鬻，以腊月二十四日焚之，为送灶上天。别具小糖饼奉灶君，具黑豆寸草为秣马具。

合家少长罗拜，祝曰："辛甘臭辣，灶
君莫言。"至次年元旦，又具如前，为
迎灶。

元旦五更接神，迎新灶王，也同除夕
接神一样，因为除夕与元旦是连着的，《红

▶ 晚清《图画日
报》所刊宣卷图，
案上供有一排纸马

楼梦》第五十三回写年前准备，先一概括指明"已到了腊月二十九日"，后写"次日由贾母"，便是年三十除日，后文"那晚各处"便是除夕夜晚了。看《燕京岁时记》记祭灶，便有"至除夕接神时，再行供奉"的说法，这便与《红楼梦》所写一致了。

引《月令广义》文中，"曰灶马"一语，值得注意，明明是灶王像，为何叫"灶马"呢？《红楼梦》第五十三回有一句道："王夫人正房院内，设着天地纸马香供。"这"天地纸马"也同"灶马"一样，不是纸糊的马，而是神马，即木版纸印神像。印作"天官地官"即"天地神马"，印作财神即"财神马"，马亦可写作"码"，读作"马儿"。《燕京岁时记》特别写得清楚，解释云：

> 京师谓神像为神马儿，不敢斥言神也。月光马者，以纸为之，上绘太阴星君。

"天地纸马"亦如供月时之"月光马"，长短不一，不过都比"灶马"大。《燕京岁时记》说"月光马"有长至八九尺者,"天地马"也如此,曾见杨柳青及苏州桃花坞水印五彩《天官赐福》神马,小者也都有三四尺高,估计当年自然也有七八尺高的。书中特别写明"王夫人正房院内",说明天地桌是供在正院中的,是户外不是房中。《燕京岁时记》中有清楚的记载,文云:

> 每届除夕,列长案于中庭,供以百分。百分者,乃诸天神圣之全图也。百分之前,陈设蜜供一层。苹果、干果、馒头、素菜、年糕各一层,谓之"全供"。供上签以通草八仙,及石榴、元宝等,谓之"供佛花"。及接神时,将百分焚化,接递烧香,至灯节而止,谓之"天地桌"。

近人沈太侔《春明采风志》亦有同样记载,这就是所说的"王夫人正房院内,设着天地纸马香供"。摆法是院中面南先设一木插屏,上贴"天地纸马",前面再摆供桌,上设供品。《燕京岁时记》所记是素供。亦有供三牲者，即猪头、公鸡、鲤鱼等。供品前摆"五供"，即二烛台、二香筒、一香炉。或香头，用大斗，内放米谷，上糊红纸，以插香。

旧时过年，迷信事项中，可分祭祖、供神、礼佛三大类，祭祖以祠堂供神主、亡疏，正室内供影为主；供神即以天地桌为主，以宗教言之，是道教的影响所及。天地而外，灶王、门神、财神、井台龙王龛等等，也都烧香上供，似乎都不是主要的。因而一般亲友拜年，除在正室中行礼，也可在天地桌行礼。礼佛则以有佛堂的人家为主，一般人家不像贾府有几处佛堂，也可不供佛。但祭神、供天地、灶王等，那是家家都有的，寒门小户也不例外。

过年祭祀等等，在当年一般人家也是十分重视的，何况宁、荣二府那样的豪门贵戚之家呢，所以更是隆重而复杂的，由除夕开始，到正月十七送神主、收影像、撤天地桌为止，每天早、午、晚三遍，烧香上供行礼磕头的处所不知有多少。而事前的准备工作也是十分繁忙的。第五十三回中用"着人打扫，收拾供器"，"内外上下，皆是忙忙碌碌"，"看着小厮们抬围屏，擦抹几案、金银供器"等等语言概括地写了这种繁忙情况。

前引俗曲中扫房、祭灶、纸马等均已结合《红楼梦》原文略加说明。另外还有贴门神、挂对联、香稞等，亦可结合《红楼梦》文字略加解说。第五十三回云：

> 已到了腊月二十九日了，各色齐备，两府中都换了门神、联对、挂牌，新油了桃符，焕然一新。

门神也像灶王一样，是家家户户都供的。所谓供，就是买两张"门神马"，分贴大门左右扇上。是两个武将的像，金盔甲胄，分别持鞭持枪，一个黑脸浓髯，一个白面疏髯，出相庄严雄健，门口有这样两个站岗的，是很威武的。过年时黑油大门，分别贴上两张五彩门神，也很漂亮，从民俗美学观点看，亦颇有可取处。这两个人是谁呢？其说不一，好像有真有假。《东京梦华录》记宋代宫禁云：

> 至除日，禁中……诸班直戴假面，绣画色衣，执金枪龙旗。教坊使孟景初身品魁伟，贯全副金镀铜甲，装将军。用镇殿将军二人，亦介胄，装门神。

从这一记载可见，宋代门神已非常普遍，宫禁中尚装扮成真的门神，自然百姓家无人装，必然也是画的、印的，或是写一个帖子了。南宋《梦粱录》《武林旧事》诸书中关于年事，均有"换门神"的记载，自明清以来，包括《红楼梦》时代在内，关于门神的传说更多了。《燕京岁时记》云：

> 门神皆甲胄执戈，悬弧佩剑，或谓为神荼、郁垒，或谓为秦琼、敬德，其实皆非也，但谓之门神可矣。夫门为五祀之首，并非邪神，都人神之而不祀之，失其旨矣。

富察敦崇所说"五祀"，包括井台龙王、马棚马王、灶下灶君等等。不必实指为谁，虽然迷信，所述尚通达。不拘泥于秦琼、敬德等也。《红楼梦》所说换了门神，是大门口贴了新门神，有焕然一新之感。当时一般只大门贴门神，并非所有房门都贴。

焕然一新之感，除门神外，还换了对联、挂牌。对联、挂牌是大量的，因为过年时大门要贴对子，二门、角门、屋门无一不要贴春联，而且有对联处，必有横披，或叫横楣，有的门扇上要贴斗方。而且有大有小，有长有短。大门外马头墙上要贴很长的对联，而灶王龛上的小对子，如"上天言好事；回宫降吉祥"等等，也不过一尺长。所有大门、二门或角门，凡是有影壁的地方，在影壁正中迎门上方，要挂"福"字、"鸿禧"、"榖旦"等挂牌。这些都各有专名称，过去人人皆知，现在知者渐少，不妨引几句蔡绳格的《一岁货声》以见一斑，其书腊月门对有一条云：

街门对，屋门对，买横皮，饶福字。

文后注云："木红纸，万年红，裁成现成各对联，在各城门脸里外卖，四个大钱一副。"这是旧时北京叫卖春联市声的语言，《红楼梦》春联自有荣、宁二府的清客来写，用不着街上买现成的，但这些品名是一样的。横皮，即横披，亦作横楣，是贴在门口上方横楣上的，一般只写四个字，如"富贵吉祥""江山万代""五谷丰登""加官进禄"之类。除大小门对、横披之外，还有斗方，正方形大纸对角写一"福"字，不少都写作《圣教序》之草书福字，十分有味。福字如贴影壁上，亦即是挂牌之处。

"新油了桃符"一句，宋代尚未时兴贴春联，《东京梦华录》上所说之"市井皆印卖门神、钟馗、桃板、桃符"等等，以及《梦粱录》所说之"钉桃符、贴春牌"等，都与后来之春联不完全相同。明清以来盛行贴春联，对于古代钉桃符板慢慢失传了，这样便把"桃符"作为春联的古语，在文中二者似乎可以对等，互相代替了。陈康祺《郎潜纪闻》云：

京官家每岁易桃符，多书"天恩春浩荡，文治日光华"十字。内城满洲宅子，尤比户皆然。《燕京岁时记》也说：

> 春联者，即桃符也。……祭灶之后，则渐次粘挂，千门万户，焕然一新，或用朱笺，或用红纸，惟内廷及宗室王公等，例用白纸，缘以红边蓝边，非宗室者不得擅用。

以上可见，春联即联对，和桃符是一回事。《红楼梦》中为什么前面说换了联对，后面又油了桃符呢？这要略加说明。简单说：联对是红纸写的，桃符专指木制联对，也叫"抱柱"。《红楼梦》时代豪门贵戚之家，正房廊柱上的对联不少都是木制雕刻的，或作瓦楞形，或平板。平时挂了一年，讲究人家，年终重新油一遍，见见新，所以说"新油了桃符"，亦以存古代桃符版之遗意也。

另外，当年春联用纸，除前引《一岁货声》所说者外，据《春明采风志》记载，尚有"顺红、梅红、朱笺、擦油土笺"，等等。除内廷用白宣镶边外，庙宇用黄纸，守孝之家用蓝纸。

恩赏银是皇家对功臣的特赏，显示了豪门贵戚家的气派。旧时一进腊月就开始忙碌买年货，十五过后，达到高潮，离年越近，东西越贵，故有"腊月水土贵三分"的说法。寒门小户，筹措年资，十分不易，往往年货买得很晚，像宁、荣二府，自有采购人员早已把年货买齐，亦不必细表。所以《红楼梦》中在写完"乌庄头账单"、贾珍看领完东西之后，便用"一宿无话，至次日更忙，不必细说"三句带过。这"不必细说"四字省略了多少有关年事繁琐细节，一跳就到腊月二十九了。

# 元宵·家宴

　　说到元宵佳节，这里另列一个题目来说。这是很古老的风俗了。关于元宵，古人有个现成的成语，叫作"金吾不禁"，出自《西都杂记》。文云：

　　　　西都京市街衢，有金吾晓暝传呼，以禁夜行。惟正月十五日夜，敕许金吾弛禁，前后各一日。

　　这是很古老的记载，"执金吾"是汉武帝太初年间官名。正月十五前后各一日，包括十四和十六，即后代所说的灯节三天。太初元年是公元前一〇四年，距今足有两千八十多年了。那时正月十五就弛禁三天，让人们自由地欢乐，大有西方"狂欢节"的味道。可见正月十五作为一个欢乐的节日，多么源远流长了。当然，汉代"金吾不禁"时，是否也"调龙灯、耍十五"，等等，那就不得其详了。想来一定也是很热闹的，不然皇帝又何必敕令"金吾弛禁"呢？

正因为在我国风俗史中，这个欢乐的节日是十分古老的，所以在历代的诗文、戏剧、小说等文学作品中，写到元宵的作品也特别多，内容也特别丰富。《红楼梦》这样一部包罗万象的书，自然也要用重彩描绘元宵气氛了。这就是五十三回和五十四回所写的丰富内容，这两回书写宁、荣二府过年的全过程，但从文字比重上来讲，写过年只占了半回书，而写元宵则占了一回半书。从气氛上讲，正掌握了恰到好处的尺度。写过年，重在礼仪，各项礼数，头头是道；写元宵，重在欢乐，各种欢乐，尽量发挥，绘声绘影。

不过《红楼梦》所写元宵，与历代数不清的文学作品中所写元宵，有一个极大的不同，即别的文学作品中，写到元宵，不外是灯市、鳌山、天街、明月等等，都是街上的热闹，出游看灯的热闹。宋代著名"元宵词"中所写，如"月满蓬壶灿烂灯，与郎携手至端门。贪看鹤阵笙歌举，不觉鸳鸯失却群……"又如"去年元夜时，花市灯如昼。月上柳梢头，人约黄昏后……"以及易安居士名句："中州盛日，闺门多暇，记得偏重三五。铺翠冠儿，撚金雪柳，簇带争济楚。"所描绘的都是盛装灯市夜游的欢乐。而《红楼梦》却别树一帜，不写天街灯市的火树银花、摩肩接毂；专写荣国府中元宵夜宴，花团锦绣，欢歌笑语。这自然有其特殊的风格和原因，这正因为荣国府这样的豪门贵戚之家，还不同于一般的官宦富有之家。它本身是特殊的。况且曹雪芹还有意专写府内、园内，而避免写府外、园外街市社会上的种种情况，偶然带到，也只略写，简单几笔，交待过去便算了，这种意图，看得很明显。因此写元宵也是如此。这令人想起明代刘士骥的《元宵行》，其中有几句道：

长安城头明月吐，长安城里喧箫鼓。正是太平全盛时，共欣佳节逢三五。三五良辰春色浓，

金吾不禁九关通。……狭路肩摩人似蚁,交衢毂
击马如龙。肩摩毂击争驰骤,一天烟雾沾双袖。
梵宇鲸钟响未残,酒垆鸳盏香初透。此日嬉游卸
玉鞍,此时谈笑催银漏。谈笑嬉游乐事频,千门
儿女闹芳辰。何处不歌落梅曲,何家不赛紫姑
神?别有豪华五侯宅,锵玉铿金开绮席。绛蜡辉
连十二栏,瑶尊香扑三千客。座上蒙茸集翠裘,
灯前宛转涂黄额。……

《红楼梦》所写,就是诗中所说的"别有豪华五侯
宅"。社会上节日气氛再浓,再热闹,那还只是一般人
的欢乐,而"别有"则是一般人想象不到的场面。

《红楼梦》第五十三回中有几句道:

贾赦到家中,和众门客赏灯吃酒,笙歌聒耳,
锦绣盈眸,其取乐与这里不同。

曹雪芹写《荣国府元宵开夜宴》,一上来先提纲挈

领写道："早又元宵将近，宁荣二府皆张灯结彩。"接着便是"至十五这一晚上，贾母便在大花厅上命摆几席酒，定一班小戏，满挂各色花灯，带领荣宁二府各子侄孙男孙媳等家宴"。然后按照陈设、席位、灯彩等写下去，结一句"当下人虽不全，在家庭小宴，也算热闹的"。

元宵风俗首先重在灯，重在烟火，宴席是寻欢作乐必备者，没有饿着肚子单玩不吃的道理。不过任何游乐欢会，都离不开吃的。所以说"开家宴"目的还不在吃，而只在节日的游乐。宴席之外，是戏，按照旧时的说法，是堂会戏。而堂会戏过生日、祝嘏称觞照样也唱，所以也非元宵特有。因之《红楼梦》所写荣国府元宵夜宴，从风俗上讲，灯和烟火是特定的，同样过元宵、同样摆酒席，风光便各不同。"别有豪华五侯宅"的豪门贵戚之家，便不同于一般富有人家宴席。作者先在"每席旁边一几，几上设炉瓶三事"等等文字中细写陈设，来显示其豪华气派。

"炉瓶三事"是北京当年特定术语，指香炉、香盒、箸瓶。细说甚繁，见赵汝珍《古玩指南》。这里特别显示岁时风光的，不是焚烧御赐百合官香的全套工具，而是各色旧窑小瓶中插瓶的"岁寒三友"和"玉堂富贵"等鲜花。"岁寒三友"是松枝、竹枝、折枝梅花，"玉堂富贵"是折枝牡丹或芍药。这是最能显示豪富贵戚之家岁朝气氛的清供。松枝、竹枝、梅花等一般人尚能想象，也容易办到。元宵看牡丹则是一般人难以想象的。不过这是真实的。刘同人《帝京景物略》记云：

> 草桥惟冬花支尽三季之种，坯土窑藏之，蕴火坑煊之，十月中旬，牡丹已进御矣。

康熙时汪由敦《松泉诗文集》诗注中说："京师灯市已有牡丹。"清末《光绪顺天府志》云：

> 今京师唐花有牡丹，岁篇将新，取以进御，士大夫或取饰庭中。及相馈送，有不惜费中人之产者。

▶ 民国灶神年画

◥ 炉瓶三事与桌上清供

由明末经康熙，直到光绪年间，在北京宫廷之内，贵戚之家，都能在岁朝之际，以牡丹为清供，这自然可以把《红楼梦》时代包括在内了。那么为什么说"玉堂富贵"就是牡丹花呢？这本是旧时代很普通的吉庆辞令，现在则也要稍作解释。"玉堂"一指皇宫内苑，宋玉《风赋》："徜徉乎中庭，北上玉堂。"二指翰林院官署。"玉堂富贵"用前义，如"玉堂清品"，便用后义了。"富贵"是富贵花，宋代周敦颐的《爱莲说》："自李唐以来，世人甚爱牡丹……牡丹，花之富贵者也。"因此说明："玉堂富贵"就是牡丹花。不说松、竹、梅，而说"岁寒三友"，不说折枝牡丹，而说"玉堂富贵"，一是为讨岁时吉庆的口彩，二是入谱、入品。不是随意插上一枝花点缀一下。

"又有紫檀雕嵌的大纱透绣花草诗字的缨络"；后面又有一句："设着高架缨络。"前面一句，"脂本"作："一色皆是紫檀透雕，嵌着大红纱透绣花卉并草字诗词的璎珞。"按，"璎珞"也作"缨络"，是一种特殊的装饰品。本来自印度，梵文音"枳由罗"，是佛教中佛像或莲座上的装饰品。一是挂在项颈上的，由珠玉宝石连缀而成；一是挂在佛教莲座上的，由彩绣锦锻、流苏连缀而成。如《法华经普门品》云："解颈众宝珠璎珞，价值百千两金而以与之。"梁简文帝《菩提树颂》云："十千缨络，悬空下垂。"前者是说解下项颈的珠宝璎珞给人，后者则是称颂菩提树下垂的美丽样子，释迦在菩提树下成佛，因而佛座上也以丝绣之联缀下垂缨络以示华赡庄严。其制其义，均如华鬘。进而作为华贵陈设的装饰品。《红楼梦》中所说的，是在雕镂的紫檀架上悬挂的丝绣缨络，一般似应写作"纟"字旁，而不作"玉"字旁，是摆在几案上的类似小插屏的装饰工艺品。按，朱启钤《丝绣笔记》所引清代《东朝崇养录》载乾隆时宫中部分绣品，有刺绣花灯、围屏、插册、插屏、屏、绣墩、坐褥、袍褂等等，而无缨络、荷包等。载有"紫垣拱瑞紫檀绣花卉宝座一张、璇极顺和紫檀绣花卉宝座一张"，以上二样，或者是类似的东西，或者是一物二名。现在参观故宫博物院，这种紫檀架璎珞实物，还能见到。

写元宵家宴，先写花厅上陈设，显示了气派，烘托出气氛，这是活用了"笙歌归别院，灯火下楼台"

的手法。在这回书后，"有正本"有总批云：

> 叙元宵一宴，却不叙酒何以清，菜何以馨，客何以盛，令何以行，先于香茗古玩上煊染，几榻坐次上铺叙，隐隐为下回张本，有无限含蓄，超迈獭祭者百倍。

这评语是十分中肯的。

# 花灯种种

元宵民间叫"正月十五",也叫"灯节",灯是节日的中心。荣国府夜宴,自然也要把灯写细。前面已概括写了"张灯结彩"一句。后面又细写贾母夜宴的花厅上的灯云:

两边大梁上挂着联三聚五玻璃彩穗灯,每席前竖着倒垂荷叶一柄,柄上有彩烛插着。这荷叶乃是洋錾珐琅活信,可以扭转向外,将灯影逼住,照着看戏,分外真切。窗槅门户,一齐摘下,全挂彩穗各种宫灯。廊沿内外,及两边游廊罩棚,将羊角、玻璃、戳纱、料丝,或绣、或画、或绢、或纸诸灯挂满。

这段写灯的文字，又细，又有次序，足见当时豪门贵戚家中华灯辉耀的富丽气派。第一花厅内大梁上挂的灯："联三聚五玻璃彩穗灯。"这是特殊的豪侈华灯，一般都是特制的。形状不一，五彩缤纷，争奇斗艳，豪门贵戚之家，竞以此相夸耀。这种灯用现代话说，就是巨形花吊灯。因为它又大又长，所以挂在大梁上，即屋内最高处。这种灯，即在豪门贵戚之家，也不是很多，谁家收藏一两对精致的灯，那是很出名。最好的是珍珠的，其次是玻璃的。记载查抄严嵩家清单的《天水冰山录》，记有严嵩家的珠灯名称"嵌宝银象驼水晶灯二座，上有宝盖珍珠索络，共重一百九十八两"。一座灯用近百两珍珠穿起来作为"索络"，可见其多么高了。明、清两代名珠灯是很多的，关于珠灯的故事也不少。据传清初吴三桂女婿王永宁住苏州拙政园，家藏珍贵珠灯一对，每年上元，挂灯宴客，以此夸富，后事败，围绕此灯，演出不少故事。《红楼梦》所写玻璃灯，虽不如珠灯价值连城，但当时玻璃亦是稀奇高贵之物，所以玻璃大挂灯，也是价值不赀的。清初花村看行侍者《谈往》记前明灯市灯价云：

明朝京师灯市……灯贾大小以几千计，灯本多寡以几万计，自大内两宫与东西二宫，及秉刑司礼，世勋现戚，文武百寮，莫不挟重资往，以买之多寡角胜负。百两一架，二十两一对者比比。灯之贵重华美，人工天致，必极尘世所未有，时年所未经目者，大抵闽粤技巧，苏杭锦绣，洋海物料，选集而成，若稍稍随俗无奇，不放出也。

这种灯以"架"称，百两银子一架，可见其价值，这在当时等于一百石米的价钱了。玻璃在古代常与"琉璃"相混淆，周密《乾淳岁时记》云：

元夕张灯，以苏灯为最，圈片大者，径三四尺，皆五色玻璃所成，山水人物花竹翎毛，种种奇妙，俨然着色便面也。

这里所说，不知是玻璃，还是琉璃。因明代玻璃器皿一般还都是海船进口的。王世贞《凤洲杂录》引《明会典》载番货价值，其中：

大玻璃瓶每个三贯，小玻璃瓶每个二贯，大小玻璃碗各同，玻璃灯瓯一个二贯。

　　同样货价相比，"象牙每斤五百文，赤金每两五十贯"，则每两赤金只能买二十五个小玻璃瓶或碗，而每个小玻璃碗可值四斤象牙，于此亦可见玻璃器皿在当年之贵重矣，亦可见第三十一回晴雯所说之"先时候儿什么玻璃缸、玛瑙碗，不知弄坏了多少"两句的意义。现在一般玻璃缸不算什么，而当时却同玛瑙并列，同样贵重。据此，亦可知"联三聚五玻璃彩穗灯"之高贵价值了。

　　所谓"联三聚五"，是一层层，一圈圈，即并非一盏孤立的灯，而是联接了三层，每层又有五个灯聚在一起，同现在的电灯大华灯一样。而那时的灯却要用火点，很高很大的灯，挂在一般近两丈高的大梁上，每天要点燃它，也很麻烦。况且当时都要用蜡烛，要不断地剪烛花，灯才亮，这就更麻烦了，因而这种挂在梁上的灯，是活络的。像升旗一样，可以随时放下，随时拉起。清初李渔在其名著《一家言》"居室器玩"

部分中，特为梁上挂灯作过说明：

> 梁上凿缝，势有不能……如置此法于造屋之
> 先，则于梁成之后，另镶薄板二条，空洞其中而
> 蒙蔽其下，然后升梁于柱，以俟灯索，此一法也。
> 已成之屋，亦如此法，但先置绳索于中，而后周
> 遭以板，此法之设，不止定为观场（即看戏），即
> 于元夕张灯，寻常宴客，皆可用之。

第二"倒垂荷叶"灯，作者写得极细，有似现代
之落地台灯或机器上，如车床、铣床上之工作灯。将
光逼住，专照目的物。其制作用青铜、黄铜打造，制
造是十分精致的。以荷叶荷花造型造，早在明代就
有，艺术价值是很高的。文震亨《长物志》"书灯"
条云：

> 有古铜驼灯、羊灯、龟灯、诸葛灯，俱可供
> 玩，而不适用。用青绿铜荷一片檠，架花朵于上，
> 古人取金莲之意，今用以为灯，最雅。

《红楼梦》所写"倒垂荷叶"，与此或是一种，或是一脉相承，制作再精美些。总之是很美丽的一种灯，可惜现在肆中所售台灯，还没有这样高雅的式样。

第三是"宫灯"。先写"窗槅门户，一起摘下"，人坐在厅上看戏，戏台在院子里，厅房门窗槅扇，是插销卧在槽中，可以随时拿下，便不碍视线了。再在摘下槅扇的横楣上，挂上各式宫灯。宫灯是六角形雕镂挂灯，现在人们还常见到。不过一般只看到挂在那里，或者不明白它的做法。宫灯其制甚巧，六片红木雕刻的架子用铜饰件连在一起，另有六扇红木框子，或糊纱，或嵌玻璃，不用时，拆开架子合在一起，框子重在一起，收藏十分便利。用时把架子一支，把框子一块块插进去，便成六角柱体，玲珑剔透，挂起来，再装上穗子，便是富丽的宫灯了。

为什么说"各种宫灯"呢？因有大有小，有糊纱，有玻璃，有直柱，有重檐上大下小等等。另外架子雕镂也各不相同，有回文，有如意，有螭头等等。大同小异，各种变化也是很多的。

第四是挂在游廊罩棚下的灯，总写一笔"将羊角、玻璃、戳纱、料丝，或绣、或画、或绢、或纸诸灯挂满"。这是总写，概括了所有的灯，但其分类手法又不同，前四种是专名词，后四种是漫指。下面一一分别加以简单解说。

羊角即羊角灯，是用羊角加溶解剂水煮成为胶质，再浇到模子中，冷却后成为半透明的球形灯罩，再加蜡烛座和提梁配制成羊角灯，灯罩上还可以彩绘花纹，或贴剪纸花纹。查慎行《人海记》云：

▼ 羊角灯

　　十二月……二十八日，宫中及甬道东西两廊，设五色羊角灯，此岁例也。

"百本张"俗曲《鸳鸯扣·

迎亲》云：

> 吹鼓手奏乐灯笼上俱都给蜡，娶亲的小叔侄
> 儿早已把门出。轿夫们抬出大门吩咐且慢，太平
> 车女眷坐好才同上了长途。前后的火把点起照如
> 白昼，羊角灯八对恰似不夜的明珠。

按，羊角灯是胶质硬罩，有透明感，因而俗名又叫
明角灯。刘同人《帝京景物略》记云："灯则……五色明
角，及纸、及麦秸……"五色明角灯，也就是五色羊角
灯。因其透明感，故曰"明角"。而且制灯原料，除羊角
之外，也可用牛角，还可用鱼鱿（即鱼脑骨）。俗曲《看
灯》云："羊角灯，点红蜡；牛角灯，蜡通红……"王
鏊《姑苏志》记"吴灯"云："……掷空小球灯，滚地大
球灯，又有鱼鱿、铁丝、麦秆为之者。"鱼骨作用同牛、
羊角一样，也可熬成胶体流质，冷却制成半透明灯具。

戳纱灯，是红木架子糊绢或纱，再经特殊绣法（类
似双面绣）而制成的灯。"戳纱"本身原是刺绣名称，
在此转为灯的名称。下面"或绣、或画"二语，即上

面三种灯中，羊角灯、玻璃灯的花纹都是画的，戳纱灯则是绣的了。

值得一说的是料丝灯，料丝灯花纹不少也是画的。什么叫"料丝"，先要说明"料"，过去用琉璃、玻璃等原料烧制假珠翠宝石，俗名叫作"烧料"，也叫"料器"。料丝灯就是用这种原料烧成液体拉丝制成的。冷却成平板后，有透明感，但不透明，有似毛玻璃，而起闪光细丝，如有花纹，从不同侧面看，给人不同感觉，十分闪灼华丽，最早创于云南，后来江苏丹阳人也能制造。但据文震亨《长物志》记云："料丝出滇中者最胜，丹阳所制有横光，不甚雅。"赵翼《陔余丛考》、近人邓之诚先生《骨董琐记》都有考证文字。赵文较详，摘引于下：

　　料丝灯见李西涯诗，而诗用"缭丝"字，郎瑛谓误也。料丝出于滇南，以金齿卫者为胜。用玛瑙、紫石英诸药捣为屑，煮腐如粉，必市天花菜点之方凝。然后取以为丝，极晶莹可爱，盖以煮料成丝，故名料丝耳。王文恪《海月庵观灯诗》，有"新样惊看出洱海，天机文断水微波"等句，盖亦咏料丝者，则此物前明时仅出于滇也。《韵石斋笔谈》亦谓丝灯始于云南，有丹阳人潘凤者，随杨文襄公至滇，得其法，归而炼石成丝，于是丹阳之料丝灯，达于海内，而凤实造灯鼻祖云，则内地之有此灯，实始于凤。然元人马祖常有《琉璃帘诗》云："万缕横陈银色界，一尘不入水晶宫。"琉璃安可作帘。且诗云"万缕"，必非方块琉璃，盖即是今之料丝耳。然则料丝在元时已有之。

从赵文可知料丝灯的简单历史。另邓之诚先生文最后云："按料丝灯，大珰钱能所创也。"按，钱能是明宪宗朱见深的太监，成化时，即一四六五至一四八七之间，曾出镇云南。如果料丝灯真是他所创，那去元代已很晚了。

此数句最后所说"或绢、或纸"二语，在当时都是最普通的。当时一般大小红白纱灯，也都是绢（生丝所织，较硬）所糊，灯笼糊纸更是常见的，因此都不必多说了。

# 灯　谜

说到旧时岁时风俗，元宵的内容是极为丰富的。除盛大的饮宴、灯会、烟火之外，还有一个十分引起人兴趣的节目，那就是"灯虎"。康熙时柴桑《燕京杂记》记云：

> 初二至十六开琉璃厂，上元设灯谜，猜中以物酬之，俗谓之"打灯虎"。谜语甚典博。上自经文，下及词曲，非学问渊深者弗中。

《红楼梦》第五十三回元宵夜宴中虽未写到灯谜，但在年前第五十回中已经写了。芦雪亭联诗，贾母来赶热闹，说道：

> 有做诗的，不如做些灯谜儿，大家正月里好玩。

这回回目的下句，也是《暖香坞雅制春灯谜》，接下去便是半回编谜语的花团锦绣的文字，这都与元宵有关系。这段故事一直写到第五十一回开头，可以说是元宵夜宴一回书的前奏曲。描绘豪门贵戚之家的日常生活，岁时风俗，前后萦带，极为袅娜多姿。用文艺的话说，是在五十回中，先透露了五十四回中的一点春之消息。

春灯谜是当时元宵佳节的重要点缀，写贾母元宵家宴，如果不写灯谜，从情节关目上讲，从历史风俗上讲，都不能不说是漏笔。而如果把灯谜也写到五十四回中，那内容就更繁重，因为要描绘的东西太多了。不但罗列过于纷纭，而且描绘亦过于冗杂，人物神情就不能充分表现出耀眼的光芒。这样在前面先预写一笔，把湘云、宝琴等人编写灯谜的才情描绘一番，这样既先泄露了第五十四回元宵狂宴的春讯，又遥连第二十二回《制灯谜贾政悲谶语》。前后照映，极为自然。正所谓一源万派，无意随手，山断云连，伏脉千里。这是《红楼梦》在情节安排，文字结构上极神奇的章法。正由于作者习惯使用这种巧妙的章法，使能随时呼唤读者的记忆，与书中人物似有生活与共、呼吸相通之感，达到特殊的艺术效果。这是曹雪芹的金针之秘，其他说部中是少见的。

春灯谜在第二十二回中写得更为具体。第十八回元妃省亲，正是正月十五日元宵。当日回宫，"次日见驾谢恩"，是正月十六日，这日宁国府过节唱戏，宝玉偷去袭人家。此第十九回开头事。中间又一"至次日清晨"，乃十七日。由袭人生病，宝玉说"香玉"，宝玉晚间为麝月篦头，至第二十回末，又一"次日清晨"，则十八日。以后直至二十一日宝钗过生日的第二天，即正月二十二日，元春才送灯谜来，乃《荣国府归省庆元宵》之余韵也。原文道：

忽然人报娘娘差人送出一个灯谜来，命他们

大家去猜，猜后每人也作一个送进去。四人听说，忙出来至贾母上房，只是一个小太监，拿了一盏四角平头白纱灯，专为灯谜而制，上面已有一个，众人都争着乱猜。

**后来又写贾母道：**

贾母见元春这般有兴，自己一发喜乐，便命速作一架小巧精致围屏灯来。

**又写贾政凑趣的话云：**

今日原听见老太太这里大设春灯雅谜，故也备了彩礼酒席，特来入会。

从以上三节引文中，均可看出，"谜"和"灯"是关联在一起，不可分割的。因为灯谜从宋元以来，就是欢庆元宵的一个重要节目。写成谜语都是贴在灯上，猜中者，扯下纸条，便可去领奖品。是有彩头、十分好玩的一项欢庆节目。康熙时，刘廷玑《在园杂志》记云：

> 灯谜本游戏小道，不过适兴而成。京师、淮、扬于上元灯篷，用纸条预先写成，悬一纸糊长棚，上粘各种。每格必具，名曰灯社。聚观多人，名曰"打灯虎"。凡难猜之格，其条下亦书打得者赠某物，如笔、墨、息香、白扇之类。

所说"京师、淮、扬"等，就是说这种风俗，不只京师有，其他地方也很盛行。明代王鏊《姑苏志》云："上元灯市藏谜者，曰弹壁。"《江（吴江）震（震泽）志》云："好事者，或为藏头诗句，任人商揣，谓之灯谜，亦曰弹壁。"记苏州风俗的专书，顾铁卿的《清嘉录》中"打灯谜"条记云：

> 好事者，巧作隐语。粘诸灯，灯一面覆壁，三面贴题，任人商揣，谓之"打灯谜"。谜头，皆经传诗文、诸子百家、传奇小说，及谚语什物、

羽鳞虫介、花草蔬药，随意出之。中者，以隃麋、陟厘、不律、端溪、巾扇、香囊、果品、食物为赠，谓之"谜赠"。

从顾铁卿所记，可以更详细地看出一般谜灯的形状、谜语的内容、赠品的种类。可以明确看到，谜语游戏，一必须有灯，二必须编内容广泛的谜，三必须有物质奖品。顾铁卿文中所说奖品，前四种用的"雅言"，即典故性的词语，已不为今日读者所了解，这里既然引用了，还必须作一个简单的注解；不然，何能知道"隃麋"等等是什么玩艺呢？简言之，就是"墨、纸、笔、砚"四种。"隃麋"是墨的代词。《娜嬛记》："汉人有墨，名曰'隃麋'。"按《汉官仪》记载，汉代"尚书令、仆、丞、郎日给隃麋墨大小二枚"。隃麋是地名，又名"榆眉"，汉置县，在陕西省汧阳县境内。"陟厘"是纸的别名。《正字通》记载："海藻本名陟厘，南越以海苔为纸，其理倒侧，故名倒侧纸。"第三"不律"是笔的别名。《尔雅·释器》云："不律谓之笔。"注曰："蜀人呼笔为不律也。"第四种"端溪"是砚的别名，砚中以广东端溪所造者为最佳，世多知者，不必多说了。顾铁卿又是《桐桥倚棹录》的作者，是才子，行文欢喜掉书袋，夸学问。他这样一来不要紧，害得我引文时倒要替他解说半天，可惜他没有想到今天一般读者的程度。闲话少说，书归正传。《红楼梦》所写灯谜的灯，一是"四角平头白纱灯"，二是"小巧精致围屏灯"，虽然都同顾铁卿所说的不一样，但也有异有同。异处就是所制更精致；同处就是尽管形状不同，但都是素纸平面，便于粘贴笺纸。因为谜语都是写在纸上，贴在灯壁上的。再有元春颁赐之物，"一个宫制诗筒，一个茶筅"，也都是文房雅供，类似纸、墨等物，都在顾铁卿所说的"谜赠"的范畴之内。

前引《在园杂志》文"名曰'打灯虎'"。按灯谜又叫"灯虎"，明清以后已很普遍。但为什么叫"虎"呢？各种文献上并无确切记载。明代有贺从善所编之谜语书，名《千文虎》，见赵翼《陔余丛考》记载。但未说明何以名"虎"。近人徐珂所编《清稗类钞》记谜之原起云：

或呼曰"文虎"，一曰"灯虎"，而又疑其
为"灯糊"。"虎"字必有所本，殆取以矢射之
义也。

　　后面这一句说得比较中肯，猜灯谜亦曰"打灯
虎"，重在打字，即以矢射的之义。

　　谜语在我国的历史是很长的。考据家把它追溯到
《左传》《国语》的"廋词"、东方朔的"射覆"，这个
词在《红楼梦》第六十二回，作为酒令也提到过。这
些都是很古老的了。刘勰《文心雕龙》中说："谜也者，
回互其辞，使昏迷也。"实际谜语就是古代的隐语。最
有名的是汉末蔡中郎书《曹娥碑》阴"黄绢幼妇，外
孙齑臼"八字，被杨修解作"绝妙好辞"四字。据此
在《三国演义》中写出了很好的故事。杨修是很聪明
的。曹操作相国府门，自往观之，于门上书一"活"
字，人都不明其意，杨修说："门中活，阔也。"丞相
嫌门太大了。他经常猜曹操的谜语，正是"老虎头上
捉虱子——不知死的鬼"，最后因猜中"鸡肋"二字，
把条小命给送了。可见谜语也不是乱猜的。

灯谜大盛于明清以来五六百年中,成为最有趣的文字游戏,元宵故事。好作品也日新月异,层出不穷,而且创造出许多形式,谓之格。朱存理《古今钩元》云:

> 考灯谜,有二十四格。"曹娥格"为最,次莫如增损格。增损格,即离合格也。孔北海始作离合体诗,其四言一篇,合"鲁国孔融文举"六字。余外复有苏黄、谐声、别字、拆字、皓首、雪帽、围棋、玉带、粉底、正冠、正履、分心、卷帘、登楼、素心、重门、闲珠、垂柳、锦屏风、滑头禅、无底囊诸格。要之不及会心格为古。

另据徐珂《清稗类钞》所载:"其后踵事增华,而格日多。曰白描,曰集锦,曰系铃,曰解铃,曰卷帘,曰落帽,曰脱靴,曰折腰,曰锦屏,又谓鸳鸯。"

两书所记,除重复者外,单一个"格"就有三十余种之多。精于此道的,每一格均会讲出特征,说出道理，还会举出例子来。只此谜语小道，亦足以显示前人的智慧和学问。文章一开头所引柴桑的话，所谓"谜语甚典博。上自经文，下及词曲，非学问渊深者弗中"。大约谜语首先可以分作两大类或三大类。即一种是纯属文人学士炫耀学问，以渊博知识编制的，所谓"文虎"，是文人学士的玩艺。另一种是老人儿童、民间以日常生活、口头俗语编制的，江南俗称"谜谜子"，北京俗称"猜闷儿""破闷儿"。这是民间玩艺，充分显示了民间朴实的智慧和情趣。再有一种，则是雅俗共赏的。有的谜面很文雅，而猜中的谜底却是最普通的东西。或者谜底、谜面均十分通俗，但极为巧妙，天衣无缝，充分显示作者过人才智的。这中间有明显的文野雅俗之分。清末沈太侔编《国学萃编》，其征集谜语启事中云：

书家意者方能照登，汇湖意者恕不登录。

所谓"书家意"者，即或高雅、或通俗，均要有思致、有情趣。所谓"江湖意"者，即庸俗、拙劣、市井、匠气、铜臭气，无思致、情趣可言。只生编硬造，或故作高深，呆笨愚顽耳。当然其区分如此，作起来也不是容易的。联系《红楼梦》中，贾母所说："猴子身轻站树杪"，谜底是"荔枝"，就是稍有情趣，谜面、谜底都是十分通俗的。宝玉那个谜："南面而坐，北面而朝，像忧亦忧，像喜亦喜。"则是谜面文雅，而又十分巧妙，谜底却是普通东西——镜子。就谜论谜，这种谜是有"书家意"的，是好的。其他不要说贾环的"大哥有角只八个，二哥有角只两根……"十分粗劣，即黛玉的"朝罢长携两袖烟，琴边衾里两无缘……"猜作"更香"，亦十分雕琢，就谜论谜，也是无情趣可言，只感故意作高雅语。

当然曹公写这回书，完全是着意安排，暗示书中人的未来命运的。这在"庚辰本""甲辰本"中，都有过录的"脂评"，如"庚辰本"探春谜下评语道：

此探春远适之谶也，使此人不远去，将来事败，诸子孙不至流散也，悲哉伤哉！

"甲辰本"于宝玉谜后评云："此宝玉之镜花水月。""庚辰本"在这回书后，并记有畸笏叟总评云："此回未成而芹逝矣，叹叹。丁亥夏，畸笏叟。"可见这回书是曹雪芹着意经营，用谜来暗示书中人物未来。值得注意的是，这些谜语似乎有些不是曹雪芹创作的。宝玉的"南面而坐……"一谜，即曾见于墨憨斋主人编《黄山谜》中。墨憨斋主人乃冯梦龙，则此谜明代已有。唯所见乃襟霞阁主人所编"国学珍本文库"铅印本，不甚可靠。如能找到明刊本或清初刊本的谜语书，如《谜社便览》、贺从善编的《千文虎》、徐景祥编的《包罗天地》等，或能找到曹雪芹所写谜语的出处。

在第五十回中，李纨及李绮所编诸谜，是书袋的玩艺，都无意趣，置之当时的一般"四书"谜及字谜中，均非上乘之作。作者是陪衬湘云一谜，就是雅俗共赏的。以《点绛唇》小令"溪壑分离"到"后事终难继"数句破"耍猴儿的"，既脱俗又有情趣，在当时谜语中也算是中上的，是这些谜语的中心。后面宝钗、宝玉、黛玉三谜及宝琴十首怀古绝句的谜语，亦均为写书中人物之才情。

曹雪芹在《红楼梦》中，为什么两处都大量地写到谜语呢？这是与当时的社会风俗有密切关系的。因为它是雅俗共赏的东西，明清两代的知识分子，几乎没有一个人没有接触过它，在启蒙教育的书房中，不少塾师甚至把它当作启发儿童思维的一种手段。同对对子一样，不少人很小就爱上了它，到老不衰。几百年中，汗牛充栋，真不知创作了多么有情致的灯谜，后面举几个例子，可以和《红楼梦》中的谜语作一个比较，先举三个"四书"谜：

谜面：一点胭脂。

谜底："赤也为之小。"

谜面：官场如戏。

谜底："仕而优。"

谜面：凭君传语报平安。

谜底："言不必信。"

试看以上三谜，不是比《红楼梦》中李纨的"观音未有世家传"，猜作"虽善无征"要灵巧有思致得多吗？当时"四书"是各地私塾启蒙必修读物，只要能读上五六年书的人，没有不把它背得滚瓜烂熟，又因科举八股文考试，均以"四书"中的语句命题，所以几乎所有知识分子终生都能一字不遗地背"四书"，因而以"四书"语句制谜的也特别多，原是文人灯谜中最普通的，所以李纨一上来就编了两个"四书"谜。当然，这些二百多年前，认为最普通的玩艺，现在读者则感到太深奥、高不可攀矣。

有极为巧妙的。如谜面是宋玉赋中语：

臣东邻有女子，窥臣三年矣。
谜底射唐诗句："总是玉关情。"

又如谜面是《西厢》中语：

怎当他临去秋波那一转。
谜底射书名：《离骚》。

再如谜面一个字："掠"，谜底《西厢记》句："半推半就。"谜面一个字："禽"，谜底《西厢记》句："会少离多。"这些都十分巧妙，但都是在十分熟悉诗文、《西厢》的基础上，才能编制，才能猜射的。旧时有这种能力和才情的人是很多的。了解了这种文化历史上的具体情况，对于湘云等人的出口成章，而且博引杂书，也就不感到奇怪，相反更觉得著者所写十分真实，十分生活化了。

宝琴的诗谜，一组十首，也非独创。乾嘉时梁章钜《归田琐记》中云："国初毛际可作七绝十六首，每句隐一古人姓名……遂为传作。"就是诗谜中最有名的创作。毛际可是顺治进士，是清初著名学者。遂安人，字会侯。又是画家。其名著为《春秋三传考异》。当时与毛奇龄齐名。他这十六首谜语诗，后代流传下来了，而且还有人为之作了注解。不过对一般人来说，还是比较深奥的。下面举一首作个例子，以见一斑吧。诗题《老农》云：

中男驱犊出前村，须避南山百兽尊。

更与诸儿相共语，年来齿落复生根。

以上四句诗，猜作四个古人名。第一句是"牧仲"，"牧"是放牛，"仲"是伯仲叔季之仲，即第二个男孩的通称。春秋时代鲁国人。第二句是"阳虎"。山南为山之阳，山北是山之阴。"百兽尊"即百兽王，虎的代称，因而是"阳虎"。春秋鲁国人，仲氏家臣，字货，又称"阳货"。据传貌似孔子。第三句猜作"告子"。告子与孟子同时，《孟子》有篇名《告子》。第四句猜作"易牙"，春秋时代齐国人。以上四人，都是当时启蒙读物"四书"中的人名，并非僻典。

灯谜是雅俗共赏的东西，自然有不少民间通俗作品，甚至用方言写成的，都极为生动。下面举两个用吴语写的谜语，看看民间作品的才智。如：

丝虽长，湿哩搓弗得个线；经虽密，干子织弗得个绢。

冷便爱，热便怕，有子花儿，结弗得个果；

有子珠儿，穿弗得个花。

第一个谜底是"雨"，第二个谜底是"雪"。读来都有浓厚的乡土气，编得都有情趣。还有人全用曲牌名编谜语道：

傍妆台，端正好；踏莎行，步步娇；上小楼，节节高。

这个谜的谜底是"梯子"，编得多么巧妙呢？

在《红楼梦》时代，上自王公贵戚、文人学士，下至村塾学究、野妪儿童，都有爱好谜语的，是一种有十分广泛群众基础的文字游戏，在北京不少好事之家，甚至经常举行猜谜语的集会。"百本张"俗曲子弟书有一个段子，开篇就叫《平灯谜》，我把它作为资料引在后面，以见当时的风俗面貌。唱词云：

好是灯谜雅社开，大家谁不遣情怀？社主大

起风流兴，去把那洁净房屋去捡择。取一个雅致别名横书作匾，定一个日期竖写如牌。镌刻图章烦劳朋友，陶熔印色破费钱财。最可怜一张整纸裁零碎，方信道小用由来是大才。举霜毫搜索枯肠如饥如渴，查《字汇》研究讲义复去翻来。有多少传记诗书要言正典，大半是市语俗说意外拆白。虽然有搭题读句心思巧，终不免倒意发圈主意歪。总无非五律七绝泊名泊号，还有那巧言谚语曲牌骨牌。是日也生火烹茶打下浆子，早把那顶儿锤子预备出来。已饭时三五成群鱼贯而入，人人是哈腰拉手笑盈腮。社主让茶诸公归座，雄谈阔论畅叙心怀。评一番人情说一番世路，提些个私事问些个官差。不多时窗棂的日影欲将午，那未到的敢是今朝晒了台。社主说："先猜我的是抛砖引玉，也须把诸公的佳作请拿来。"有几个款款毛腰摸靴筒，有几个急急回手探襟怀。有几个摆手摇头说不曾带，下次找补此次暂该。社主说："新添的脾气是这等的寒虚，从今后不带灯谜不准猜。这么长天白日的在家中坐，难道还摇煤煮饭哄婴孩？忙又说众位拿交给我，等着我全钉齐备大家猜。"众人说："自己钉吧不须劳驾，似这等外道拘泥何苦来？"钉壁子按墙宽窄分长短，粘条儿成排端正莫斜歪。忽听得乒乓一阵锤儿响，顷刻间柳绿花红次第排。真个是纸色光明夺锦绣，字迹华丽显文才。也有五彩洋笺如云灿，也有那一色洋宣似雪白。也有那字数儿拘泥章法儿别致，也有那笔端豪放题面儿诙谐。也有那字小条宽行款密，也有那杜撰填词按曲牌。更有那文学欠通衣冠美丽，更有那书法虽佳不是自裁。更有那题面拮据岂止一句，更有那里儿丢弃大半胡来。见大家一起站起凝眸看，都作那面壁的达摩似哑如呆。那好玩的偏捡村题的打，爱小的专将挂赠的猜。机灵的只用一言揭下去了，钝塞的频翻两眼想不起来。

这是一二百年前专用北京方言编写的演唱风俗的唱词，开头一句，正好同《红楼梦》中贾政的话对照来看，十分有趣。

▶《明宪宗元宵行乐图》中的花灯

▼ 暖香坞雅制春灯谜（清嘉庆，中国美术馆藏）

# 生活礼节

这节讲衣、食、住、行与礼仪的关系。

衣，首先表现在封建时代法定的衣着等级制度上。由皇帝到百姓，中间冠（帽子）、上衣、下裳、外褂、坐褥、鞋、袜等分作几十种等级。官吏谓之官级，百姓谓之庶民服色，由式样、用料、颜色、花纹，都有明显的不同，不能差错。以上种种，在服装一文中都有说明，不再赘述。

表现在礼仪上，首先官服与便服不能乱穿，大抵官吏和眷属，在公务和典礼时要穿官服。如第十六回写元春封为凤藻宫尚书，加封贤德妃，贾母率邢、王二夫人并尤氏、贾赦、贾珍等奉侍前往，都按品大妆，换了朝服。朝服是按照高低官品不同服色，所以叫按品大妆。当时都是按照封建朝廷《仪礼注》《舆服志》规定穿着的，不可乱来。

按品朝服自然是以男性为主，女眷随男性夫或子的官爵穿用，如请有诰命者，则按品穿戴。

平时不当穿朝服时乱穿朝服，或当穿朝服时不穿朝服，均为失礼，乱礼数，且要担处分。

官吏不论上级、下级，如正式见面，一方穿官服，一方亦应穿官服接待。下级穿官服拜见上官，上官如不穿官服接见，便为失礼。下官甚至可拒绝参见。

服饰表现在礼仪之一，是喜庆凶丧种种不同。这种表现，最明显是在色彩上。简单分类为：白色、黑色、灰色、蓝色为素色，红色中大红、朱红、粉红、洋红等均喜色。一切喜服均应用大红、赤金，所谓"披红簪金"。

如穿素服到喜庆场合中，或穿大红喜服到丧葬场合中，均为失礼，万万不可以。如四十三回写宝玉先是"遍身纯素"到水仙庵给金钏儿烧香，回来到怡红院"找了颜色吉服换上"，给凤姐过生日行礼吃酒，这就是"礼数周全"。

吉服、丧服的种类按当事人身份地位也大不一样。吉服除官服、礼服之外，最重者为披红簪花，此礼一直延续到现在。丧礼则孝服与素服有所区别，孝服又分重孝、轻孝，重孝限于直系亲属子、女、媳、婿、孙辈、侄辈以下递减，至五代而外，则为一般同宗关系，白色布孝服则不必矣。此即俗语所说之"五服内""五服外"区别。素服可白、亦可灰、黑等色。居丧之家素服，守寡之人素服，不但衣着素，且不事脂粉，如李纨的装扮。

穿衣礼仪表现在私室、家居、做客亦十分明显，私室最为随便，家居则不同于私室，大家礼数，衣冠环珮，均极讲究，一般家居昏侍晨省，待字姑娘，也要穿裙。如果做客，即使夏天，也要穿很多衣裳。如第三十一回写史湘云来，贾母说："天热，把外头的衣裳脱脱罢！"王夫人笑道："也没见穿上这些做什么！"

湘云笑道"都是二婶娘叫穿的"等等，正都说明，为了礼仪，虽在大热天，湘云二婶娘还让她穿很多衣服。

食表现在礼仪上，首先是封建豪门的家规、辈分等级差异。

第四十回刘姥姥说："别的罢了，我只爱你们家这行事，怪道说，礼出大家。"这是刘姥姥在吃过饭后对凤姐和鸳鸯说的。是作者通过刘姥姥的口，赞许这些礼数。

亲属辈分最重要，家居主客要分清。第三回写黛玉进府第一次吃饭，说得最清楚。贾母是家长，居中，黛玉是客，坐上首，三春姊妹陪坐，坐定。然后李纨捧杯，熙凤安箸，王夫人进羹。随后王夫人坐下位同用饭，李纨、凤姐立在案边布、让。规矩十分明确。

按清代旗人礼数，姑娘未出嫁时，在家中地位最娇贵、最高，所以旗人中不少都是姑奶奶当家。

用饭时主、奴更要分清。即使主奴之间关系非常亲密，即使在无人时也不敢十分僭越。

如第十六回贾琏、凤姐在房中吃酒，贾琏乳母赵嬷嬷进来，让上炕吃酒，"赵嬷嬷执意不肯"，平儿就在炕沿设了一几，赵嬷嬷在脚踏上坐了，贾琏拣看馔与他，放在桌上自吃。

主、仆之间都遵守封建礼仪。

又如第五十五回写平儿陪凤姐吃饭，凤姐先说："过来坐下，横竖没人来，咱们一处吃饭是正经。"后来，"平儿屈一膝于炕沿之上，半身犹立于炕下，陪着凤姐吃饭"，特别细写平儿坐的姿势，说明礼数，也说明平儿知礼。

食的礼仪之三，是大量表现在筵席上，先是在坐次上分上座、陪座、下座，或分主座客座。

《红楼梦》中请客，一般不坐圆桌，多是方桌，五人一席。主座正中，一边两人陪席，一端空着，不设座位，预备上菜。第三十八回吃螃蟹写得十分清楚。并特地写明：西边靠门一小桌，李纨和凤姐，虚设座位，二人皆不敢坐。

第四十回关于饮宴礼仪，有两点可予注意：一是宝玉设计：既无外客，不必按桌席，每人跟前摆一张高几，十锦攒心盒子，自斟壶，岂不别致。这样不按桌席，免去让座之礼；自斟壶，免去斟酒之礼。

二是上菜次序：只见一个媳妇端了一个盒子站在当地，一个丫鬟上来揭去盒盖，里面盛着两碗菜，李纨端了一碗放在贾母桌上，凤姐偏拣了一碗鸽子蛋放在刘姥姥桌上。

另外饮馔筵席的礼仪，还表现在请客人的时间上，俗语所谓：三天为请，两天为叫，一天为提。即请人要预先通知。第五十三回写贾珍对贾蓉说：到荣国府问凤姐，正月里请吃年酒的日子拟定了没有？若拟定了，叫书房里明白开了单子来，以免重复，并说旧年不留神，重了几家，人家不说咱们不留心，倒像两家商议定了，送虚情怕费事一样。

当时筵席请客，一是用请帖，亦曰请柬，即一固定格式之请客短信；二用知单，即将请柬上之辞句写在一长条红纸之前面，后面依次写人名（称谓写老爷或大人）。按名单送到被请人前请签，如来写"知"，如不来写"谢"。

住室家居，关于礼仪者甚多：

首先起动坐卧，都有一定礼数，有森严的等级界限。第五十八回小丫头说婆子，"我们到的地方儿，有你到的一半儿，那一半是你到不去的呢，何况又跑到我们到不去的地方儿——还不算，又去伸手动嘴的了"。于此可见大观园中各种人等的居家限制。

按照当时家庭礼仪，做晚辈的每天早晚要到长辈房中请安问好。经过长辈住的地方，不能过门不入，即使长辈不在家，也要有应有的礼数。所以有一次宝玉出门，要求跟随的人绕开贾政的书房出去，一个跟随的人说，不要紧，老爷不在家。宝玉说老爷虽然不在家，但经过他的书房，也不能失礼，另一个随从，则称赞宝玉懂礼。

第三十六回写宝玉挨打后，贾母怂恿，贾政不再叫宝玉，宝玉在园中自由自在，素日懒与士大夫诸男人接谈，最厌峨冠礼服贺吊往还等事，不但将亲戚朋友一概杜绝，连家中晨昏定省，一发都随他便了。

晨昏定省，就是早、晚到长辈房中请安问好，这些礼数，他都可行可不行了。而这些礼节，在当时像贾府这样家庭，是极为讲究的。

《红楼梦》在一定程度上，反映了旗人家中的种种礼仪。曹雪芹虽然想"真事隐"，但在生活细节的描写上，是"隐"不了的。

如第九回写贾政问跟宝玉的是谁，"只听见外面答应了一声，早进来三四个大汉，打千儿问安"。这"打千儿问安"，左腿抢前一步，屈右腿半跪，右手半握拳下伸，谓之"打千"，是仆人见主人，仆人回事常用礼。原八旗兵所用，便是明显的旗礼。

再如第三十一回写湘云到来，"果见史湘云带领众多丫鬟媳妇走进院来，宝钗、黛玉等忙迎至阶下相见。青年姊妹，经月不见，一旦相逢，自然是亲密的。一时进入房中，请安问好，都见过了"。这"请安问好"是如何请呢？是依汉人礼法：拜一拜（或叫福一福）呢，或按旗礼，请"碰安"呢？前者是右手在上、左手在下，半握拳，放在胸下，上下动一动。后者是两手平放膝上，弯膝碰一碰身躯。作者未写明。读者可以想象。

居家按辈分请安问好层次十分明显。第二十四回贾赦生病，宝玉去看望请安，因是奉贾母之命，故也有代表贾母看望的意思。这样见面行礼就比较复杂了。原文写道：

> 见了贾赦，不过是偶感些风寒。先述了贾母问的话，然后自己请了安，贾赦先站起来回了贾母问的话，便唤人来："带进哥儿去太太屋里坐着。"
>
> 宝玉退出来，至后面，到上房，邢夫人见了，先站起来请过贾母的安，宝玉方请安。

这都有意地细写了请安、行礼的层次。"庚辰本"脂砚斋夹批云："一丝不乱。""一丝不乱"，"甲辰本"在"宝玉方请安"后批云："好规矩。""庚辰本"在后面又有夹批云："好层次，好礼法，谁家故事。"

从写的人不厌其详地写，批的人不厌其详地批，不但可以看出当时旗人大家礼数之周详，亦可看出写者、批者赞美这些礼法的态度。

女人万福是汉人礼节，请碰安是旗人礼节。男人打千请安是旗人礼节，尤其是奴才向主子请安，衙役向官吏回事，均用此礼。但正式行礼，则不用此。如跪拜磕头，则旗、汉一样，即男人要作揖，女人先要万福拜一拜，然后才下跪、磕头。作揖是小礼，磕头才是大礼。第九回写金荣给秦钟陪礼道："金荣强不过，只得与秦钟作了个揖，宝玉还不依，定要磕头。"后来"金荣因人多势众，又兼贾瑞勒令赔了不是，给秦钟磕了头，宝玉方才不吵闹了"。

宝玉一定要金荣磕头，就是要他行大礼。

我国传统行了数千年的大礼——磕头、作揖。分一跪一叩首、一跪三叩首、三跪九叩首。封建时代尚有所谓"磕响头"，以及惶恐到极点时之"叩头如捣蒜"。

行大礼是比较重的，一般是磕一个头。男人磕头必先作揖，磕完后再作揖；女人磕头必先拜，磕完后再拜。

书中描绘，最生动的是写平儿给宝玉拜寿。文云：

平儿也打扮的花枝招展的来了……"所以特地给二爷来磕头。"宝玉笑道："我也禁当不起。"袭人早在门旁安了座让他坐。平儿便拜下去，宝玉作揖不迭；平儿又跪下去，宝玉也忙还跪下，袭人连忙搀起，又拜了一拜，宝玉又还了一揖。袭人笑推宝玉："你再作揖。"宝玉道："已经完了，怎么又作揖？"袭人笑道："这是他来给你拜寿；今日也是他的生日，你也该给他拜寿。"宝玉喜的忙作揖，笑道："原来今日也是姐姐的好日子！"平儿赶着也还礼。

此段应注意者三：

一、拜寿磕头行大礼，必连拜或作揖，是汉礼。

二、一揖、一跪一磕头、又一揖之后，礼成，完了。

三、磕头不加请安或打千。满礼是常礼，是随便的。汉礼是正规的，是庄重的。

宝玉、平儿互相拜寿，行大礼，一跪一叩首，即磕一个头。而祭天地、祖宗，便要三叩首。同样以宝玉生日为例：

这日，宝玉清晨起来，梳洗已毕，便冠带了，来至前厅院中，已有李贵等四人在那里设下天地香烛。宝玉炷了香，行了礼，奠茶烧纸后（应先烧纸、后奠茶），便至宁府中宗祠、祖先堂两处行毕了礼。

这里所说"行礼"，都是一跪三叩首大礼。

第五十三回写祭宗祠云：

只见贾府人分了昭穆（即左、右）……青衣乐奏，三献爵，兴拜毕，焚帛，奠酒，礼毕，乐止，退出。

这是三跪九叩首大礼。"三献爵",即三进酒;"兴拜",兴是起立,拜是行礼。实际应是"拜兴",即作揖、下跪、焚帛、献爵、奠酒、三叩首、起来作揖;再下跪……如此,重复三遍,才是礼毕。

有青衣乐奏,便有赞礼司仪,兴拜焚帛等等动作,均由赞礼先生按《仪礼注》

▶ 北静王路祭秦可卿

来喊，行礼者依其所喊来动作。

赞礼司仪在红白事中，如秦可卿丧事、贾敬丧事、打醮祭神等，都应有司仪唱礼。

第十四回写秦可卿出殡，北静王路祭，"贾珍急命前面执事扎住，同贾赦、贾政三人连忙迎上来，以'国礼'相见"。

这以"国礼"相见，最低亦要"一跪三叩"，并"山呼"吾王千岁、千千岁。如在宫中见皇帝，则三跪九叩，山呼舞蹈，皇上万岁、万万岁。正如戏台上所表演者。

元春省亲，贾母跪迎銮舆，以国礼相迎。进入行宫正殿，"礼仪太监请升座受礼，两阶乐起"。礼仪太监即赞礼司仪之太监，行礼时唱礼。赦、政等排班上殿，荣国太君及女眷排班上殿均应行三跪九叩、山呼舞蹈大礼，昭容均传谕免。

至贾母正室，元春欲行家礼，贾母等俱跪止之。所说"家礼"，也是一跪三叩之礼。

后来小太监引宝玉进来，先行国礼毕，亦是三跪九叩之礼。

居家礼节，男人请安打千，作揖磕头，作揖打恭；女人请安，拜磕头，这些不同的动作，都要使用，根据书中所写，不同场合，用不同的礼节，不可机械地用什么，或不用什么。第二十六回薛蟠骗宝玉出来，"连忙打恭作揖赔不是"，"焙茗也笑着跪下了……又向焙茗道：'反叛杂种，还跪着做什么？'焙茗连忙叩头起来"。这都不是正式行礼时，生活中特殊的礼数，大体生活中行礼，可分这样几种：

一、按仪注正式行礼，如上朝参见、祭祀、红白事、贺岁等等。

二、长辈亲戚间日常行礼，即所谓昏定晨省。

三、友谊礼节，拜见、告别、相遇、生辰、疾病。

四、感谢、乞求、谢罪、赔礼、惶恐哀告等等。

五、赌气、闹别扭、绝交等等。自然，这种礼并非行礼。

行动坐卧，在《红楼梦》时代与那样家庭中，都要受到礼法、礼节的约束、节制，不能错走一步。

第四十二回写"贾珍、贾琏、贾蓉三个人将王太医领来。王太医不敢走甬路，只走旁阶，跟着贾珍到了台阶上……"

这就是走路时的礼数，大抵随长辈走路，应很好跟随，不要僭越；如需扶持，自应很好扶持照应。

奴仆、丫鬟随主人走路，自应后面跟随，非主人命令，不敢擅自离开。第三十一回写湘云来大观园，"众奶娘丫头跟着……出来，便往大观园来，见过了李纨，少坐片时，便往怡红院来找袭人。因回头说道：'你们不必跟着，只管瞧你们的亲戚去……'众人应了，自去寻姑觅嫂，单剩下湘云、翠缕两个。"

仆人、丫头如果引客人进来，仆人、丫头应该走在客人左前方引路。仆人如举客人名片，应右手高举名片，恭腰引客人缓步前行，至门前应高声通报。

如出门行路，或出远门，则更不同，如宝玉一般出门，四个小厮、四个跟随。有时更多，则按不同身份，不同情况安排，已不完全是礼节上的事情。在此不多说了。

生活中的礼节，有时是不对等的，有时是对等的，因此先后、轻重、谦让等等，都根据不同情况而定。略分之：为行礼、受礼、受半礼、还礼、拒礼、辞礼等等。

老家长坐主位，儿孙磕头，身不动，只嘴上说罢了等等，为受礼。侧身起立还一揖，为受半礼。平辈对请安、对作揖、对磕头，为还礼。躲开为拒礼、辞礼，亦谦让之道，表示坚决不敢受礼。

《红楼梦》中所写礼节，十分细致，种类情况也很多，正反映了清代前期社会上，尤其是封建贵戚之家，旗下官吏家庭，十分重视礼节的情况。第五十六回贾母道：

凭他们有什么刁钻古怪的毛病，见了外人，必是要还出正经礼数来的。若他不还正经礼数，也断不容他刁钻去了。就是大人溺爱的，也是因为他一则生的得人意儿；二则见人有礼数，竟比大人行出来的还周到，使人见了可爱可怜，背地里所以才纵他一点子。若一味他只管没里没外，不给大人争光，凭他生的怎样，也是该打死的。

这就是贾母的观点和家规。所以《红楼梦》中不但宝玉在人家彬彬有礼；即使行为很坏的贾蓉、贾蔷之流，在人前的礼数也是很周全的。

清代这种礼数，也普遍影响到社会上，影响到后来。这种好礼的风气一直影响到三十年代。其根源和基础是在旗人家好礼，而旗人当时又是统治阶层，故其影响更深远。魏元旷《蕉盦随笔》记云：

> 旗人家庭之礼最严，老幼皆无敢少失，其周旋应对，莫不从容中节，盖自幼习之。入关以来，二百余年，未尝改易。

曼殊震钧《天咫偶闻》也记云：

> 八旗旧家，礼法最重，余少时见长上之所待子弟，与子弟之所以事长上，无不各尽其诚。朝夕问安诸长上之室，皆侍立，命之坐不敢坐，所命耸听不敢怠，不命之退不敢退。路遇长上，拱立于旁，俟过而后行。宾至，执役者皆子弟也。其敬师也亦然。

以上所说各点，我们在《红楼梦》中都能找出具体的事例。不过不一一细举了。

# 称 谓

　　《红楼梦》中的称谓有种种复杂的情况。如第二十七回李纨说的"什么'奶奶''爷爷'的一大堆",弄也弄不清楚了。这是北京远自明代后期、清代,直到半世纪前,官场的习惯称谓:先以"老爷""太太"作为"准星",将他(她)们的上下代列一个简表:

　　老老太爷、老太爷、老爷、爷、小爷——以上男性。

　　老老太太、老太太、太太、奶奶、小……奶奶——以上女性。

　　男、女均各五代,但每家人家,五代不一定全,一般四代居多,以当家一代作准星,往上和往下排。

荣宁二府。荣府：贾赦、太老爷，贾政、二老爷，邢夫人、大太太，王夫人、二太太。他们往上排，只有老太太——贾母，没有"老太爷"了。往下排，分作两房：贾赦之子贾琏，贾政之子贾珠、贾宝玉、贾环。这都是应该称"爷"的。同辈兄弟：大老爷、二老爷、三老爷……大爷、二爷、三爷……按此排行往下数。如此，贾赦大老爷，他大儿子贾琏是"大爷"，贾政是二老爷，他三个儿子，贾珠是"大爷"、宝玉是"二爷"、贾环是"三爷"。但宗族家庭中，排行有"大排行"，指嫡堂兄弟、堂兄弟（北方某些地方"嫡堂"曰"亲叔伯兄弟"，"堂"曰"从叔伯兄弟"），其父辈是亲兄弟者，曰"嫡堂兄弟""亲叔伯兄弟"，如宝玉与贾琏。其祖辈是亲兄弟、父辈为嫡堂兄弟者，曰"堂兄弟""从叔伯兄弟"，如宝玉与贾珍。贾赦之子贾琏，在贾赦房中，是"长子"，应叫"大爷"，而替贾政管家，贾母又在贾政这边，因而贾琏按"大排行"叫"琏二爷"，即排在已死贾珠之后。贾珠是"珠大爷"，贾琏称"琏二爷"。如按大排行，宝玉应在贾琏之后，叫"宝三爷"才对，但《红楼梦》中称宝玉又按小排行，即排在亲兄贾珠之后，称"宝二爷"。

"爷"的下一代，近代称"少爷"，但在《红楼梦》中还不这样叫，而是加一"小"字。第八回贾蓉带秦钟来见宝玉，文云："次日醒来，就有人回：'那边小蓉大爷带了秦钟来拜。'"称"小蓉大爷"，也可称"小×二爷""小×三爷"等等。这就看这一辈排行共有几人了。

在家中因辈分分明，老太太第一代，"反文"边第二代，"玉"字边第三代，"草"字头第四代，也就是贾母说的，到贾家由做重孙媳起，如今又见到"重孙媳"，是"四世同堂"。所以称贾蓉为"小蓉大爷"。如在社会上，一般人单独见贾蓉，亦可称"蓉大爷"。第二十四回倪二见是贾芸，笑道："原来是贾二爷！这会子那里去？"这正是社会上不按辈分的尊称。即不管是"爷"，还是"小爷"，称"爷"总没有错。不管排行第几，泛称"二爷"，都没有错。贾芸远房，泛称"二爷"。第二十四回中焙茗也这样叫他。

据说当时北京社会心理，尽量不称"大爷"，因为武大郎行大；爱听"二爷"，因为武松行二。

也不爱听"三爷"的称呼。"老爷"的佣人，如跟班、听差等人，绰呼也叫"二爷"。服侍跟班、听差的佣人，绰呼"三爷"，俗名"小三子"。所以人们不爱排成"三爷"。

"爷"的妻子称"奶奶"，大爷、大奶奶，二爷、二奶奶，琏二奶奶是《红楼梦》中最活跃的人。这"奶奶"，是有特殊词义的，是和"太太"连在一起的。第三十五回玉钏儿对宝玉说："不过是奶奶、太太们！"自然，这个"奶奶"和第八回宝玉奶妈"李奶奶"的"奶奶"是两个概念。按，在《红楼梦》中，"李奶奶"的年纪不合理，几乎和贾母年纪一样，一张嘴就说："宝玉未必吃了，拿去给我孙子吃罢。"宝玉似乎和她孙子一样。这个问题有人著文谈到过。因说到此处，偶谈几句，因系旁文，抛开不论。

"小爷"的妻子称"小奶奶"，在"小"字后加名、加排行。第七回周瑞家送宫花，说到秦氏云："竟有些像咱们东府里的小蓉奶奶的品格儿。"后来凤姐又分两枝宫花给秦氏，吩咐道："送到那边府里，给小蓉大奶奶戴的。"都是在"奶奶"上加"小"字，以区别辈分。不像后来一样：称"少爷""少奶奶""孙少爷""孙少奶奶"。似乎《红楼梦》时代，还没有这样的称呼。

再"大爷"一词，易于同"伯父"意思"大爷"混淆，北方伯父叫"大爷"，大伯父叫"大大爷"，二伯父叫"二大爷"，以及"三大爷""四大爷"等等。在读音上有差别，前者"大"读重音，后者"大"读轻音。一听就能区别。写出来一样，如翻译成外国文，同样的"奶奶"，同样的"大爷"，都是难以翻译的。

这是官称，以"老爷"为中心。这种"官称"的形成，大体是从明代开始的。《舆地丛书》本《燕京杂记》云：

> 京官称"老爷"、称"大人"，鲜有称"大老爷"者。

赵翼《陔余丛考》释"爷"云：

> 爷本呼父之称。《说文》云"吴人呼父为爷"是也。今不特呼父，凡奴仆之称主，及僚属之呼上官，皆用之。……今通用为尊贵之称，盖起于唐世。按《通鉴》：高力士承恩久，中外畏之，太子亦呼为"兄"。诸王、诸公呼为"翁"。驸马辈直呼为"爷"。曰"直呼为爷"，可见从前但以呼父，未有以呼贵官者。自此以后，遂相沿为尊贵之称。今世俗所称"王爷""公爷""老爷"所自来矣。

按赵翼所考，以"爷"为尊贵之称，从唐代以后就开始了。但南北方言不同。北方将"爷"重叠为"爷爷"，就是"爷"的"爷"，那就是祖父。金兵称岳飞为"岳爷爷"。北方俗语中，仍有"爷"作为父亲的意思，如"儿大不由爷管"。但在生活中呼唤，则呼"爹""爸爸"，而很少叫"爷"的。但在苏州附近吴语系中，正好相反，呼父为"阿爷"，呼祖父为

"阿爹"。吴下谚语云："儿（读作倪）子弗养爷，孙子吃阿爹。"

"爷"在北京，在意义又不相同，可作一切男性的代称：如"爷们"，即男人们；"娘们"，女人们。也可加老字，"老爷们""老娘们"。男性可再加"大"字，即"大老爷们"，意即"大男子汉"，是"大男子主义"的产物。

总之，在《红楼梦》时代，"老爷"一词，在北京有五种意义和用法：

一、官称、尊称，如政老爷、赦老爷等等。

二、后加"们"字，泛作男人代称。

三、读音稍重，是俗语称呼"外祖父"，同样外祖母作俗称"老老""姥姥""老姥"均可。刘姥姥即此意，虽然关系很远，但辈分和亲戚关系应如此称呼。按"姥"同"姆"，读"莫补切"或"莫候切""木五切"，《广韵》作"老母"解。《辞海》引《晋书·王羲之传》："见一老姥，持六角竹扇卖之，羲之书其扇，各为五字，人竞买之。"作"老妇"解。另浙东有"天姥山"，李白名诗有《梦游天姥峰歌》，"姥"读作"姆"。后均读作"老"，是俗语读别了。

四、清代庙祠关羽，俗称"关老爷"，简称"老爷"，如关帝祠直接呼之为"老爷庙"。

五、对"知县"之特种称呼，外地都加"大"字，作"大老爷"，或叫"太爷"，到现在仍有"县太爷""当官作老爷"的俗谚。比知县大的，如"知府"，就称"大人"，不称老爷了。

说到"老爷"，有以上五种不同意义。《红楼梦》中，第一、二种都用到。第二种"老爷们"，亦可简称"爷们"。第十一回《庆寿辰宁府排家宴》中道：

> 外头人回道："大老爷、二老爷并一家的爷们都来了……"贾珍连忙出去了。

这"大老爷"是按排行称贾赦，与称知县为"大老爷""青天大老爷"等意思不同。"爷们"即以上所说之意思。

第五点说到"大人"一词，第十回贾珍因冯紫英之介，拿名帖请先生给秦氏看病，先生回话中有几句道：

> 方才这里大爷也和我说了……
>
> 因冯大爷和府上既已如此说了，又不得不去，你先替我回明大人就是了，大人的名帖着实不敢当。

这里对冯紫英称"大爷""冯大爷"，对贾珍则不称"爷"，而称"大人"。贾珍是"世袭三品爵威烈将军"，用更尊贵的称呼——"大人"。乾隆时叶凤毛《内阁小志》云："自雍正年间，三品以上俱称大人。"同时人王应奎《柳南续笔》记云：

> 称谓亦随时为轻重，如大人之称，至尊也，而在前明时，则不以此为重……今数十年来，内而大小九卿，外而司道以上，无不以此称为尊，

其名颇觉近雅。

因"老爷""爷""大人"之称，女眷又有"太太""奶奶""夫人"之称。而"夫人"一词，又有两义：

一、有诰命之"一品夫人"，方得称之。

二、尊称官夫人。王夫人、邢夫人均此称呼，乃一般泛称。

因本家"老爷"，又联系到亲戚家：舅家（亦可称外家）、姑家、姨家。这样便有了舅老爷、舅爷，姑老爷、姑爷，姨老爷等等称谓。

但"姨"没有称"姨爷"的。官吏佣人称官吏岳父为"外老太爷"，称官吏岳母为"外老太太"。

随着男人称谓，女眷便有舅太太、舅奶奶，姑太太、姑奶奶，姨太太、姨奶奶种种称谓。第二十七回小红传平儿的话道：

我们奶奶问这里奶奶好。我们二爷没在家。

虽然迟了两天，只管请奶奶放心。等五奶奶好些，我们奶奶还会了五奶奶来瞧奶奶呢。五奶奶前儿打发了人来说：舅奶奶带了信来了，问奶奶好，还要和这里的姑奶奶寻几丸延年神验万金丹；若有了，奶奶打发人来，只管送到我们奶奶这里。明儿有人去，就顺路给那边舅奶奶带了去。

这一段话，如闻其声，如见其人，写得实在好。同时把奶奶、姑奶奶、舅奶奶都用全了。直到今天，北京俗语，还习惯称"姑爷""姑奶奶"。而且对两代出嫁的女子称"老姑奶奶""小姑奶奶"以示区别，对平辈的则按排行称"大姑奶奶""二姑奶奶""三姑奶奶"……

明、清两代，北京作了五百年的首都，是官吏集中的地方，也是"官称"集大成的地方。流风所及，形成了"官派"，养成了官称的习惯。其特殊表现有二点：

一是在亲族、父子母女之间，一律用官称，不用亲属称谓。如第二十七回宝玉对探春说：

> 你提起鞋来，我想起故事来了：一回穿着，
> 可巧遇见了老爷，老爷就不受用……老爷听说是
> 舅母给的，才不好说什么了。

兄妹之间，称自己父亲不说"父亲""爹""爸爸"
等等，而称"老爷"，这是"官派"。

第二十八回宝玉对王夫人说：

> 太太不知道：林妹妹是内症……
> 太太倒不糊涂，都是叫"金刚""菩萨"支使
> 糊涂了。

第三十三回《不肖种种大承笞挞》，贾政先对贾母说：

> 大暑热的天，老太太有什么吩咐，何必自己
> 走来，只叫儿子进去吩咐便了。

后来急了，才忙叩头说道：

> 母亲如此说，儿子无立足之地了。

亲生母子，在一般情况下，也只称"太太""老太太"等官称，不叫"母亲""妈"等等。只有在情急时才叫。这也是不同于"民派"（此词是我创的，指民间习惯）的"官派"。

二是影响所及，北京民间，也不同于乡下，也习惯用"官派"称谓。市井之间，到处称爷；寒素之家，亦称太太、奶奶。旗人家族间，便讲究这个礼儿。

近人徐珂《清稗类钞》有"称谓门"，专记称谓，其"太爷、太老爷"条云：

> 乾隆时之举人、贡生，亦称太爷。

《红楼梦》第九回，贾政对李贵说："你去请学里太爷的安……"称贾代儒为"太爷"，后面宝玉、李贵一

▶ 邓云乡与《红楼梦》电视剧中的花灯

中秋夜品笛桂花阴（《红楼梦赋图册》），座次井然

律称贾代儒作"太爷"，这不单纯是因为他辈分大，另外也是尊称。因代儒只是个"老儒"，并无功名。白了头也是"生员"，向国子监太学补个名字，即使未考中优贡、拔贡，也可叫"贡生"，年纪大了，亦可尊称曰"太爷"。

大观园中，对黛玉、宝钗等人，不称"小姐"而称"姑娘"，这是旗人家的规矩。赵翼《陔余丛考》记云："今南方搢绅家女多称小姐。"所说正是《红楼梦》时代。《红楼梦》中少数地方也说到"小姐"一词。如第二回冷子兴说"二小姐""三小姐"。最典型的是第五十一回，带太医给晴雯看病的老嬷嬷说的话：

> 倒是个大姐，那里的小姐？若是小姐的绣房，小姐病了，你那么容易就进去了！

这里不但说到"小姐"，而且说到"大姐"。称年青女佣人为"大姐"，这是标准的江南语言。苏州、上海迄今仍有这种叫法。

▼ 贾宝玉与秦钟

　　自称父母兄弟要谦虚，加"家"字或"舍"字，如家父、家母、家兄，舍弟、舍亲（泛指亲戚）等等；称对方父母兄弟姊妹要客气，加"令"字，如"令尊"（对方父亲）、"令堂"（对方母亲）、令兄、令姊、令弟、令妹之类。这一套《红楼梦》时代，以及几十年前最习见的称谓，现在好多人都弄不清了。一位朋友的孩子出国去了，在国外读大学，写信问候国内一位旧日同学的母亲，写道，"请代我问令家母好!"类似这种情况，目前已不是什么"笑话"了。

看《红楼梦》的人不妨注意一下书中的"家"和"令"。

第七回中宝玉和秦钟的谈话：

> 秦钟道:"……家父年纪老了，残疾在身，公务繁冗。"
>
> 宝玉道:"……家父之意，亦欲暂送我去，且温习着旧书。"

双方各人自称自己的父亲，均曰"家父"。

第二十八回中，冯紫英说宝玉和薛蟠道：

> 你们令姑表弟兄倒都心实，前日……

第四十七回中，柳湘莲对宝玉说薛蟠道：

你那令姨表兄，还是那样……

两处都尊称"令"。不过这里要特别说明一下：宝玉、薛蟠是姨表兄弟，不是"姑表"。冯紫英是说错了。

以上是《红楼梦》中"家"和"令"的用法，也是迄今为止的习惯用法。赵翼《陔余丛考》中一条题为"家祖、家父、家君、家兄、舍弟、家姑、家姊"。文中记到"家母"，题中未写。另古人有"严父慈母"的说法，所以"家父"又称"家严"，"家母"又称"家慈"。

《陔余丛考》另一条题为"尊老、尊兄、令弟"。文中开首云："杭州人自称其父曰尊老，徽州人自称其兄、嫂曰尊兄、尊嫂。他处则称人之父曰尊公、尊老，称人之兄、嫂曰尊兄、尊嫂。"按此"尊"字，亦等于"令"字。但有所区别。尊兄、尊嫂可称为令兄、令嫂。而尊公、尊老，则不能称为"令公""令老"，犹之"尊大人"，一般不称为"令大人"也。以"令"为尊称，来源很古。《诗经·小雅·角弓》：

此令兄弟，绰绰有余。

梁章钜《称谓录》云："钱大昕曰：'令兄、令弟之称本此。'"而《陔余丛考》又引谢灵运与谢惠连诗："末路值令弟，酬问开心颜。"杜工部诗："令弟草中来，苍然请论事。"谓"是又自称其弟曰令弟也"。按二诗都是直对"弟弟"的尊称。并不是对别人讲自己的弟弟时，称"令弟"。这是在语气上完全不同的。

《红楼梦》中的"称谓"很多，约略说了一些主要的。最后说一个特殊的称谓，第二十九回贾母因宝玉、黛玉二人拌嘴生气，不去看戏，抱怨说：

我这老冤家，是那一世造下的孽障？偏偏儿的遇见了这么两个不懂事的小冤家儿，没有一天不叫我操心！真的是俗语儿说的，"不是冤家不聚头"了。

这"不是冤家不聚头"的俗语，被宝玉、黛玉二人听到，好似参禅一般，细嚼起滋味来，潸然泪下，书中说是"人居两地，情发一心"了。

什么叫"冤家"呢？在这里是一句纯中国式的"罗曼谛克"的情语，是爱侣的"昵称"。第二十八回中锦香院的妓女云儿唱道："两个冤家，都难丢下，想着你来又惦记着他……"是情歌中的好称谓，"俏冤家"而且是曲牌名。赵翼《陔余丛考》中引蒋津《苇航记谈》，谓"冤家"一词，见于《烟花记》，其说有六：

> 情深意浓，死无异心，一也。两情相系，阻隔万端，二也。临歧分袂，黯然销魂，三也。山遥水远，相思不见，四也。怜新弃旧，怨深刻骨，五也。一生一死，触景悲伤，六也。

这是山盟海誓的称谓，今天的爱侣们，是否也知道"冤家"一词呢？

# "茄鲞"试诠

口福不浅，有机会在北京尝了一次"红楼宴"。大菜上来了，黄蜡蜡、油汪汪的一大盘子端来摆在桌子正中，菜上有乳白色的钉状物，红红绿绿彩色的花朵配着，十分好看。穿着洁白制服的女青年服务员彬彬有礼地报告菜名——"茄鲞"！

▶ 茄鲞

大家动筷子了，同席者一位友人笑道："宫保鸡丁……"

我像刘姥姥一样，

尝了一块，细嚼嚼，是宫保鸡丁的味儿，又从盘子中找了找，找到一块茄子，同烧茄子一个味儿，便报以笑谈："宫保鸡丁加烧茄子……"

这就是"茄鲞"吗？我思索着，不禁忽然想到了一个问题："茄鲞"究竟是冷拌菜呢？还是热炒菜？是腌、糟类的路菜式的可以存放较长时间的"陈菜"呢？还是及时烹炒的不能存放的时令菜呢？

"路菜"一词，可能大多数人已经不懂了，不妨稍作解释。

由于生活条件的古今不同，旧时有好多适应于当时生活条件的烹饪手法，现在则往往为人所忽略，想象不到了。"路菜"便是其中一例。以《红楼梦》时代来说，当时长途旅行，因受交通条件限制，每天只能走上百八十里。当年贵为钦差大臣的林则徐，由北京去广州，据《日记》记载，走了近三个来月。每天住店打尖，伙食怎么办呢？固然有地方官按站送酒席，但也要经过荒僻小店，生活条件既差又不方便的地方，即使带有厨师、佣人，也买不到什么东西，而且行色匆匆，风尘仆仆，也没有时间去做。这便要在动身行旅之前，预先做好一些"路菜"，装在容器中，带在路上。到了"鸡声茅店月，人迹板桥霜"的荒僻小驿，打火做饭，不必弄菜，只要烧锅干粥烂饭就可以了。拿出"路菜"，实实惠惠也可吃一顿，保证旅途饮食健康。像《红楼梦》中所写，黛玉北上、薛蟠远出做买卖，这种长途旅行，习惯都是要带"路菜"的。不但自家要做，而且亲戚朋友还要以精美"路菜"，互助馈赠。是一时风尚。

"路菜"要较为经久不坏，要有荤腥保证口味和营养，要便于携带，不能有汤汁等等。最普通的如肉丁、鸡丁、开洋等炒辣酱呀，五香大头菜切丝炒肉丝、干丝呀，鸡丁、香干丁炒乳酱瓜丁呀，斑鸠丁炒笋丁、乳酱瓜丁呀，油焖春笋、冬笋呀，以及或糟、或蒸的鲫鲞、白鲞呀等等。其特征是重油、稍咸、无汁，可以经久不坏；便于冷吃，食用方便；香而多油，但不腻，易于吃粥、下饭；无汤水卤汁，放在瓷罐中或菜篓中便于携带。旧时大小菜篓是用细柳条或竹丝编制，再用绵纸、桐油糊过里子，外面也上了桐油，既不漏油漏水，也不怕外面水湿。当年运送大量油、酒等流体物，都用这种大油篓、酒篓，比瓷缸、木桶都好。因其坚韧而稍有弹性，不大重的碰撞，不会破裂。用小的小口大肚的菜篓装"路菜"，菜中少量的油汁也不会从篓中漏出，走长路十天半个月可以大大解决吃菜问题。但这类菜还不等于、同于冷荤。

再有旧时储存条件很差。黄河以北，如北京，冬天还可以大量藏冰，夏天可以用冰桶，清末词人严缁生词中所谓"三钱买得水晶山"，冰窖中冰车按日给送来一大方廉价的冰，放在冰桶中，可以在炎暑中保存一些荤腥食物。在江南以及湖广，这样的条件也没有，因此保存食物就更困难了。为此传统的烹饪技艺中，创造了腌、腊、糟、醉、烤、熏、风干等等办法。不唯保存了食物，而且创造出了别有风味的食物。花样越演越繁，每一样又有不同的炮制方法，用的材料也不同，如同样是腌，用粗盐腌、细盐腌、花椒盐腌、橘皮炒盐腌、盐水腌、醋腌、芥末醋腌、糖腌、蜜渍、暴腌、泥腌等等。这些腌、腊、糟、醉、风干等等食品，都代有名家，各地都有风味隽永的美味，其制法也常有独得之秘。《红楼梦》中写的"茄鲞"，自然也是荣国府庖厨中的家传秘制了。不然贾母为什么特地让凤姐夹一些给刘姥姥尝尝呢？

茄子而名"鲞"，新颖固然新颖，但道理何在？一得之秘又何在呢？不妨小作研讨。

什么叫"鲞"呢？《集韵》上注作"干鱼腊也"。据《吴地记》记载，"鲞"得名的由来，有一段很有趣的历史故事：

春秋时代，吴国那位派专诸刺杀王僚的阖闾（这故事后来编为著名的戏剧《鱼肠剑》，京剧常演），后立为吴王，有一次带兵入海，遇上风浪，断粮了，不能航行，他便向大海拜祷。这时忽见金色鱼群游过来了，吴军便捕鱼为粮。出征回朝后，会见群臣，思念在海中吃过的鱼，主管人员报告，那些鱼都晒干了。他便让烹来吃，觉得味道更为美好，因此便在"美"字下写了一个"鱼"字，这样便成为繁体字的"鲞"字了。

从《集韵》所注及《吴地记》故事记载，可以理解以"鲞"名鱼、名菜者，都有"干"或"腊"的意思。如乌贼鱼，咸干者曰"明鲞"，淡干者曰"脯鲞"。干鲫鱼曰"鲫鲞"，干白鱼曰"白鲞"，干黄鱼曰"黄鱼鲞"。江浙人对于什么是"鲞"，那是十分明确的。《红楼梦》中的"茄鲞"，以"茄"而名"鲞"，似乎必然有以下几个特征：

第一是陈菜，即保存若干时日的茄子制品，而非新鲜的，现炒的。

第二是干菜、腊味一类的菜，是干的，没有什么汤、卤、菜汁等。

第三是咸而香，有嚼头，具有各种"鲞"的特殊风味，不然何必以"鲞"名之呢？

第四是习惯冷吃，既不像是热炒那样的热菜，也不同于随时烹制的冷荤。它如糟、醉、脯等，要经过较长时间才入味好吃。最普通如腌鸭蛋，不能今天腌了明天就吃。

第五这种菜既能下酒，而更适宜于就稀饭、就粥吃。如常见的肉松、咸鸭蛋以及榨菜炒肉丝、佛手炒肉丝等。

如果以上特征能成立，不妨再看看书中所写的做法。见第四十一回：

> 贾母笑道："把茄鲞夹些喂他。"凤姐儿听说，依言夹些茄鲞，送入刘姥姥口中，因笑道："你们天天吃茄子，也尝尝我们这茄子，弄的可口不可口。"刘姥姥笑道："别哄我了，茄子跑出这个味儿来了！我们也不用种粮食，只种茄子了。"众人笑道："真是茄子，我们再不哄你。"刘姥姥诧异道："真是茄子？我白吃了半日！姑奶奶再喂我些，这一口细嚼嚼。"凤姐儿果又夹了些放入他口内。刘姥姥细嚼了半日，笑道："虽有一点茄子香，只是还不像是茄子。告诉我是个什么法子弄的，我也

弄着吃去。"

凤姐儿笑道："这也不难：你把才下来的茄子，把皮刨了，只要净肉，切成碎钉子，用鸡油炸了，再用鸡肉脯子合香菌、新笋、蘑菇、五香豆腐干子、各色干果子，都切成钉儿，拿鸡汤煨干了，拿香油一收，外加糟油一拌，盛在磁罐子里，封严了；要吃的时候儿，拿出来，用炒的鸡爪子一拌，就是了。"

刘姥姥听了，摇头吐舌道："我的佛祖！倒得多少只鸡配他，怪道这个味儿！"


如果研究凤姐所说做法，应该注意到以下几样操作程序：即"鸡油炸了"的"炸"，"拿汤煨干了"的"干"，"香油一收"的"收"，"外加糟油一拌"的"拌"，"封严了"的"封"。这炸、煨干、收、拌、封可以说是"茄鲞"的"五字真经"。其窍门是充分去掉水分使之干（是香、咸、韧软三者混合的干），而又严封使之经久充分入味。

古人烹饪理论，对于一切荤素菜肴，有两句极为扼要的名言，即："有味者使之出，无味者使之入。"如把这个原则灵活地掌握了，那就可以深通烹饪的三昧了。

茄子是蔬菜，本身有清香，但非厚味，此其一。茄子是时令菜，并非一年四季都有，要在没有茄子的季节，还吃到茄子，此其二。这就要创造出既能保持茄子清香，又能入厚味，且易于保存，能经较长时间，还美味可口的茄制佳肴，这就制成了"茄鲞"。

用鸡油炸了，一是使茄丁熟、香、干，二是第一次使之入鸡味。茄鲞茄鲞，自然是茄子为主。茄子与配料的比例，以三七成计之，则配料鸡肉脯子（亦可叫鸡脯子肉）、香菌、新笋（有茄子的时候，无新笋。自亦可用玉兰片、干笋尖代之）、蘑菇、五香豆腐干子、各色干果子（包括杏仁、核桃仁等）数种，名堂虽多，只不过占二三成，即十分之二三耳。用"鸡汤煨干"也使之得鸡的鲜味。但要煨干，重在"干"字。为什么茄丁先用鸡油炸了，才入汤煨，而不先煨呢？道理很简单，油炸之后，表面焦香已熟，在汤中，水分进不去，煨过之后，仍是"茄丁"。如不炸，就用汤煨，那茄丁就会被汤煨的稀烂，一塌糊涂，再不成"丁"了。

用汤煨干的食物，但还是含有水分，而且表面湿润，不能久存，因而要用"香油一收"，就是用香油起油锅，用小武火干炒之，不停搅拌，使之水分蒸发，并沾油炒焦香。这同炒福建肉松一样，一定要用香油。不然，冷了之后要结块。

主料茄丁用鸡油炸，配料用鸡汤煨干，用香油收，都是使之入鸡味，而又都是干的。加糟油拌，是在加咸味。因为据我所知，糟油是用糟加配料特制的调味品，有如"秋油"。在瓷罐中封严，其"封严"的目的，是隔绝空气，外面的空气不接触里面的食物，使之得以保存时日。而更重要则是里面的味道不散发出来，使之闷在里面。经过一定时间——不能今天封了，明天、后天就开封；自然也不能时间太久——其味才能"入"到茄丁中，使之"透"，使之"醇厚"，这才是大观园特有的、风味隽永的"茄鲞"。这是"荣国府食单"的秘制，不仔细研究，如何如法炮制呢？

至于说"要吃的时候，拿出来，用炒的鸡爪子一拌"等等。那似乎是曹公故加一笔，以显高贵。正可呼应后面刘姥姥"我的佛祖！倒得多少只鸡配他"等语。照应多姿，文字极见神采。而单从菜来论菜，从瓷罐中扒拉出一盘封存了很多日子的、香喷喷的"茄鲞"，那本身已是十分可口的美味了。下酒也好，配粥也好，一定滋味无穷。似乎"拿炒的鸡爪子一拌"，倒有些蛇足了。

今天居然有人做出"茄鲞"来了。遗憾的是：未经仔细研究作者原文，连"冷拌"和"热炒"还没有弄清楚，油汪汪地一大盘端上来，这哪里是《红楼梦》中所写的"茄鲞"，又如何能称之为"红楼佳肴"呢？

附记：

"糟油"在此文初发表于《中国烹饪》时，我解释错误，经友人指出，已作改正。现江苏太仓尚生产

"糟油"。其产品说明书云：太仓糟油创始于乾隆年间，采用百年秘方，选用上等质料，配用二十余种天然植物香料酿造而成，其特点是提鲜解腥，开胃口，增食欲，久藏不败，越陈越香。不论红烧、清炖、冷拌、热炒的荤素菜肴，只要放入少许，即能增加风味。另"糟油"曾获一九一五年巴拿马赛会超等大奖。

# 服装真与假

《红楼梦》在文字表现上，是部花团锦簇的书，在人物的衣着上花了不少笔墨，使人看了，像看彩色照片一样，有光彩夺目，眼花缭乱之感，不妨先举几个例子：

第五十一回写袭人出门道：

> 半日，果见袭人穿戴了，两个丫头和周瑞家的拿着手炉和衣包。凤姐看袭人头上戴着几枝金钗珠钏，倒也华丽。又见身上穿着桃红白花刻丝银鼠袄，葱绿盘金彩绣绵裙，外面穿的青缎灰鼠褂。

后来凤姐嫌她青缎灰鼠褂太素，也冷。又给了她一件"石青刻丝八团天马皮褂子"。这是袭人出客时穿的衣服，是冬天，穿绵衣、皮衣的时候。同一个袭人，再看她春夏之间的衣服。第二十六回写贾芸到怡红院看宝玉，其时贾芸眼中的袭人又如何打扮呢？文中写道：

> 说着，只见有个丫鬟端了茶来与他，那贾芸嘴里和宝玉说话，眼睛却瞅那丫鬟；细挑身子，容长脸儿，穿着银红衫儿，表缎子坎肩，白绫细折儿裙子。

所写袭人的衣着打扮，一是出客时的仪容，一是家居时的打扮；一是严冬，一是初夏，都楚楚有致，色彩鲜明，称身合体，使读者一看就能想象其形态。这种写法，在其他丫头身上，也收到同样的艺术效果，比如写芳官，第五十八回写她挨她干娘打后的形象：

> 那婆子羞愧难当，一言不发。只见芳官穿着海棠红的小棉袄，底下绿绸洒花夹裤，敞着裤腿，

一头乌油油的头发披在脑后，哭的泪人一般。

第六十三回又写"寿怡红"时欢笑的芳官：

　　宝玉只穿着大红绵纱小袄儿，下面绿绫弹墨夹裤，散着裤脚，系着一条汗巾，靠着一个各色玫瑰芍药花瓣装的玉色夹纱新枕头，和芳官两个先搳拳。当时芳官满口嚷热，只穿着一件玉色红青驼绒三色缎子拼的水田小夹袄，束着一条柳绿汗巾，底下是水红洒花夹裤，也散着裤腿，头上齐额编着一圈小辫，总规玉顶心，结一根粗辫，拖在脑后，右耳根内只塞着米粒大小的一个玉塞子，左耳上单一个白果大小的硬红镶金大坠子，越显得面如满月犹白，眼似秋水还清，引得众人笑道："他两个倒像一对双生的兄弟。"

　　在《红楼梦》所写各种人物的衣着上，芳官这两段可说是最鲜明的、最有真实感的。陪衬她的是宝玉，宝玉此时此刻的服装也是扑朔迷离、雄雌莫辨的，但却是真实得光芒照人的。而另外地方写的宝玉衣着呢？且看他出场时的打扮。见第三回：

> 丫鬟进来报道："宝玉来了。"黛玉心想："这个宝玉不知是怎样个惫懒人呢！"及至进来一看，却是位青年公子：头上戴着束发嵌宝紫金冠，齐眉勒着二龙戏珠金抹额，一件二色金百蝶穿花大红箭袖，束着五彩丝攒花结长穗宫绦，外罩石青起花八团倭缎排穗褂，登着青缎粉底小朝靴，面若中秋之月……项上金螭璎络，又有一根五色丝绦，系着一块美玉。

**再看他更衣之后：**

> 一时再回来，已换了冠带：头上周围一转的短发，都结成小辫，红丝结束，共攒至顶中胎发，总编一根大辫，黑亮如漆，从顶至梢，一串四颗大珠，用金八宝坠脚，身上穿着银红撒花半旧大袄，仍旧带着项圈、宝玉、寄名锁、护身符等物；

下面半露松绿撒花绫裤，锦达弹墨袜，厚底大红鞋。越显得面如傅粉……

**不妨再看看第十五回所写北静王的装饰：**

> 说话宝玉举目见北静王世荣头上戴着净白簪缨银翅王帽，穿着江牙海水五爪龙白蟒袍，系着碧玉红鞓带，面如美玉，目似明星。

《红楼梦》是清代人写的小说，北静王世荣又很明显地是写满洲族人，却不按照清代《舆服志》规定，戴"顶金龙二层，饰东珠八，上衔红宝石"的顶戴，却戴白簪缨银翅王帽，这是什么打扮呢？简单说，是戏装。过去看俞平伯先生文章，说到此点：我一时想不起，便写信去问。接先生四月十五日明信片云：

> 前询一节，在笔记中所习见，惜未记书名。阮胡誓师江上，白蟒袍、碧玉带，梨园装束，却未点出戏名，宜兄之想不出。又柳如是冠插雉尾

招摇过市，言本兵大礼之可笑。《红楼》中北静王装束因与阮有关，如上电影，当有可观，一笑。

五月十九日明信片又云：

又前谈阮大铖装束，顷在中华新本王应奎《柳南续笔》见之，卷一、一五三页服御类优条，惟不点钱牧斋、柳如是之名耳。此条我前曾见，却非此书，已记不得了。盖传流颇广也。或可以之装扮北静王，仿佛有据。[1]

北静王的服饰，很清楚，是把台上最漂亮的戏装顺手写到小说中。而贾宝玉呢？什么"束发嵌宝紫金冠"，什么"金百蝶穿花大红箭袖"等等，不也是戏台上最漂亮的戏装，不很像《凤仪亭》中戏貂蝉的吕布

---

1  王应奎《柳南续笔》"服御类优"条原文如后："阮大铖巡师江上，衣素蟒，围碧玉，见者诧为梨园装束。某尚书家姬冠插雉羽，戏服骑入国门，如昭君出塞状，大兵大礼，而变为倡优排场戏，苟非国之将亡，亦焉得有此举动哉？"按，"某尚书"指钱牧斋，"家姬"指柳如是。

吗？只是少根雉尾罢了。为什么曹雪芹要把这些生活中的人，写成是穿了戏装的人物呢？应该说这里有两个目的：一是出于政治的目的，故意写得假一些；一是出于艺术的目的，尽量写得美一些，漂亮一些。

《红楼梦》开卷第一回第一句即作了庄严的声明："故将真事隐去。"后面又声明说："第一件，无朝代年纪可考。"因此，凡能显示出具体清代特征的地方，都有意要向假里写。因而写王爷，不能写花翎顶戴、袍褂朝珠等等。写豪门公子的宝玉，也不能写成清代旗下贵公子的样子，又不便写成明代儒生公子的样子。因而经营是煞费苦心的。清代旗下贵公子是什么样子呢？不妨举几句民间俗曲看看。如"百本张"子弟书《鸳鸯扣》云：

　　见阿哥骨种羊的秋帽在头上带，南红的杭披缨子不少又不多，聚锦斋的起花金顶十分时样……小毛儿银鼠皮褂身上着，玫瑰紫的灰鼠皮袄，领袖是银针水獭……月白绫的夹袄开禊儿半露，方头儿皂靴学的是他哥哥。

子弟书《风流公子》道：

这是谁家几阿哥，竟把燕山秀气夺，瞧来不
过十八岁，浑身苏调露轻薄，夹衫儿元青洋绉时
兴花样，袖里儿一水天青四杂老则（按，"老则"二
字意不明），开襟儿微露着汗巾是葱心绿，那小鞋
儿大概是八寸罢做了个得……（按，"得"即好和妥
帖的意思。）

随便引几句乾嘉间俗曲的八旗子弟衣着打扮的描
绘，看看和宝玉的出客衣着差得又多么远呢？那么明
朝公子哥的打扮又如何呢？看康熙初年叶梦珠《阅世
编》记明代服装、官服：

其举、贡、监、生员则俱服黑镶蓝袍，其后
举、贡服黑花缎袍，监生服黑邓绢袍，皆不镶，
惟生员照旧式。……闻举人前辈俱戴圆帽如笠而

小，亦以乌纱，添里为之，予所见举人与贡、监、生员同带儒巾，儒巾与纱帽俱以黑绉纱为表，漆藤丝或麻布为里，质坚而轻，取其端重也。举、贡而下。腰束俱蓝丝绵绦。皂靴与职官同。

又记便服道：

其便服自职官大僚而下至生员，俱戴四角方巾，服各色花素、绸、纱、绫、缎道袍。其华而雅重者，冬用大绒茧绸，夏用细葛，庶民莫敢效也。

明代服装中大官朝服，自然有不少大红金蟒衣服。如《天水冰山录》所载抄严嵩家中缎衣，就有"大红织金过肩蟒缎九件、大红织金缎圆领七件"等等，但这官高一品的宰相所穿，并非一般人所能穿的。而像宝玉那样动不动就穿着"大红金蟒狐腋箭袖"，这是很难想象的。因为曹雪芹写《红楼梦》主人宝玉的服饰，要避开清代打扮，让人不认为是本朝事；也不能确写明代的服饰，把宝玉真写成明代人，那似乎更是犯忌的。那么把他写成什么样儿呢？把他戏剧化、吉祥化了，写成世俗吉祥图"麒麟送子"的样子，几乎可以说是贾宝玉的标准照了。

# 戏剧化·生活感

第八回写黛玉给贾宝玉穿斗篷，说什么"用手轻轻笼住束发冠儿，将笠沿搇在抹额之上，把那一颗核桃大的绛绒簪缨扶起，颤巍巍露于笠外"。在明清两代的实际生活中，像宝玉这种打扮也只有在戏剧中有，在日常起居中是没有的。翻阅明人说部，什么《三言》《二拍》《金瓶梅》之类，是找不出一个和宝玉装饰一样的角色的，只有在剧场上才能找到。

▶ 贾宝玉扮相

曹雪芹把书中主角的服饰戏剧化了，是为"真事隐去"的政治目的，也是为了艺术装点，使之花团锦簇，反映了那个时代的社会心理。即从明代末年开始，直到清代末年，社会上对于戏剧人物的美丽服装是极为羡慕的。所以阮大铖、柳如是等人会穿上戏剧服装招摇过市，这同人想当票友唱戏，甚至照个戏装照片是一样的心理。曹雪芹就这样给宝玉设计了一套美丽服装。但让他一换装，脱去出客官服，换上家常服装，袄、裤、鞋、袜，这还好安排，因为不分朝代，只在用料、色彩上写得漂亮一些就罢了。而头上怎么办呢？既不能梳清代的辫子，也不能如明代般留满头、绾成发髻、包块网巾。这便想出一种怪发型："头上周围一转的短发，都结成小辫，红丝结束，共攒至顶中胎发，总编成一根大辫，黑亮如漆，从顶至梢，一串四颗大珠，用金八宝坠脚。"这条辫子在第二十一回中湘云为他梳头时，又重复一遍。写得那样华丽而真实。但事实上是难以想象的。明清两代小孩胎发为了长大了头发黑，也要剃去一部分，使之重生。但儿童头发长得慢，一时梳不起来，所以中间胎发留条很细的小辫，四周或剪短成一圈，诨名"马桶盖"。即第六十一回柳家的骂小幺儿"别叫我把你头上的杩盖子揪下来"的那个样子。不过这是儿童时的发型，这时头发短，还梳不成"黑亮如漆，从顶至梢"的大辫子，更不要说像维吾尔族小姑娘那样，辫一转小辫了。少年之后，清代梳辫子，前额发剃去，只留后面，从发根编起，不像女孩子那样，用头绳扎辫根。一直编到末梢，为了使辫子显得长，在辫梢上加黑色珠子线"辫帘子"。但不会用"一串四颗大珠、金坠角"等，这是难以想象的。明显地可以看出，曹雪芹是要写辫子，但又不能写真辫子，便创造设计出这样一条美丽的假辫子。但总难免滴水不露，常常有意无意，漏出一点清代的影子。如第十九回写宝玉到宁国府看戏后到袭人家中去，袭人见他：

> 穿着大红金蟒狐腋箭袖，外罩石青貂鼠排穗褂。

这不就是清代标准官服一袍一褂的瘦袖袍和貂褂吗？只不过貂褂未反穿，箭袖袍大红金蟒而已。而这"大红金蟒"，是吉服，也是戏装。生活中则不能乱穿"蟒衣"。再如第三十一回宝钗说湘云爱穿别人衣裳时道：

> 把宝兄弟的袍子穿上，靴子也穿上，带子也
> 系上，猛一瞧，活脱儿就是宝兄弟。

这一袍、一靴、一带，着墨虽不多，更无意中把旗下公子哥儿的衣着说清楚了。

综前引文及分析，可以看出曹雪芹大约用了三种手法写他书中人物的衣饰：

一是有意写假，却是着意描绘那些戏剧化了的服饰，如宝玉、北静王等人的冠带衣着。

二是着意写生活中真实的美丽服装，特别是"金陵十二钗"等女性，花团锦簇，基本上是真实的。因明清二代，男装迥然不同。清初规定男人一律改装，女人则不改装。因之清代初中时期，汉人女子不着旗装，反而旗女有着汉装者。女人装扮继明代之旧，只是不断出现各个时期的时式样子，而无截然不同的差别。

▶ 寿怡红群芳开夜宴（《红楼梦赋图册》）

▼ 黛玉葬花（《红楼梦赋图册》）

三是写官服时，略写，避免露出痕迹。如第十六回写贾母等入朝谢恩致贺："于是都按品大妆起来。""贾赦、贾珍亦换了朝服。"都是一笔带过，不加细写了。以上三种描绘服饰的写法，曹雪芹都是用过的。但一、三两种，是不得已而用之的。第二种写法是顺理成章的。写的也是最多的。

在曹雪芹所写的女式服装，以及部分家常便服，或是起居随意穿的衣服，都没有故意写假，加以戏剧化，而是比较符合历史真实的。这是因为这些服饰不关系到典章制度，不反映朝代特征，写来就比较随便容易。因为封建时代对服饰，尤其是官服，包括所用排场执事，都有明文规定，是很严的，不可乱用。《儒林外史》第二十二回写两个戴方巾的穷秀才打乌龟王义安的笑话，就因为那乌龟戴了秀才们戴的方巾。《红楼梦》第十三回写秦可卿大出丧，要给贾蓉捐了"龙禁尉"，才能用五品命妇宜人的服色、执事来办丧事，但是日常服色，在没有明文规定，或虽有规定，不严格执行的情况下，那就不受限制，可以随意来写了。

# 贵妃服饰·丫头打扮

这节文章谈谈两个具体的人的打扮。一是元春，第十六回写她"封为凤藻宫尚书，加封贤德妃"，她的身份是贵妃。第十八回写她省亲，"有太监跪请下舆更衣"，"元春入室"，"更衣复出，上舆进园"。衣是提到了，但未细加描绘。下面抄一段《舆服志》规定，用供参考和想象。按，《清史稿·舆服志》云："贵妃冠服袍及垂绦皆金黄色，余与皇贵妃同。"其制为：

▼元春省亲邮票

朝冠，冬用熏貂，夏以青绒为之。上缀朱纬。顶三层，贯东珠各一，皆承以金凤，饰东珠各三，珍珠各十七，上衔大珍珠一。朱纬上周缀金凤七，饰东珠各九，珍珠各二十一。后金翟一，饰猫睛石一，珍珠十六。翟尾垂珠，凡珍珠一百九十二，三行二就，中间金衔青金石结一，东珠、珍珠各四，末缀珊瑚。冠后护领垂明黄（按，应用金黄）绦二，末缀宝石。青缎为带，吉服冠与皇后同。（按，皇后吉服冠，熏貂为之，上缀朱纬，顶用东珠。）

金约，镂金云十二，饰东珠一，间以珊瑚，红片金里。后系金衔绿松石结，贯珠下垂，凡珍珠二百有四，三行三就。中间金衔青金石结二，每具饰东珠、珍珠各六，末缀珊瑚。耳饰用二等东珠，余同皇后。（按，皇后耳饰：左右各三，每具金龙衔一等东珠各二。）

朝褂、朝袍、龙褂、龙袍、采帨、朝裙皆与皇后同。（按，即朝褂：制三，皆石青色，片金缘。一，绣文前后立龙各二，下通襞积，四层相间，上为正龙各四，下为万福万寿文。一，绣文前后正龙各一，腰帷行龙四，中有襞积。下幅行龙八。一，绣文前后立龙各二，中无襞积。下幅八宝平水。皆垂明黄〔应用金黄〕缘，其饰珠宝惟宜。

朝袍之制三，皆明黄色〔应用金黄〕。一，披领及袖皆石青，片金缘，冬加貂缘，肩上下袭朝褂处亦加缘。绣文金龙九，间以五色云。中有襞积。下幅八宝平水。披领行龙二，袖端正龙各一。袖相结处行龙各二。一，披领及袖皆石青，夏用片金缘，冬用片龙加海龙缘，肩上下袭朝褂处亦加缘。绣文前后正龙各一，两肩行龙各一，腰帷行龙四。中有襞积。下幅行龙八。一，领袖片金加海龙缘，夏片金缘。中无襞积。裾后开，余俱如貂缘朝袍之制。领后垂明黄缘〔应用金黄〕，饰珠宝惟宜。

龙褂之制二，皆石青色。一，绣文五爪金龙八团，两肩前后正龙各一，襟行龙四。下幅八宝立水，袖端行龙各二。一，下幅及袖端不施章采。

龙袍之制三，皆明黄色〔应用金黄〕，领袖皆石青。一，绣文金龙九，间以五色云，福寿文采惟宜。下幅八宝立水，领前后正龙各一，左右及交襟处行龙各一。袖如朝袍，裾左右开。一，绣文五爪金龙八团，两肩前后正龙各一，襟行龙四。下幅八宝立水。一，下幅不施章采。

采帨，绿色，绣文为"五谷丰登"。佩箴管、繁帨之属。绦皆明黄色〔应用金黄〕。

朝裙，冬用片金加海龙缘，上月红织金寿字缎，下石青行龙妆缎，皆正幅。有襞积，夏以纱为之。〕

领约，镂金为之，饰东珠七，间以珊瑚。两端垂明黄绦二（应用金黄），中贯珊瑚，末缀珊瑚各二。

朝服朝珠三盘，蜜珀一，珊瑚二。吉服朝珠一盘，绦明黄色（应用金黄）。


以上就是贵妃的服制，元春省亲时，如照此穿着更换；看看该多么复杂呢？服装复杂，未见得好看；服装简单，也许更美丽，曹雪芹于此是最见工力的。这里再举一个书中例子，那就是第二十四回的鸳鸯："宝玉坐在床沿上，褪了鞋，等靴子穿的工夫，回头见鸳鸯穿着水红绫子袄儿，青缎子坎肩儿，下面露着玉色绸袜，大红绣鞋，向那边低着头看针线，脖子上围着紫绸绢子……"试看，这样的服饰情态，其传神之处的美丽形象，还需要多加说明吗？

# 服装种种变化

## 带·袄·裙各种式样

我国古代戏剧服装，不论昆腔、京戏以及地方戏剧，习惯流传着一句行话，叫"穿破不穿错"。又说戏剧服装都是明代式样，这"穿破不穿错"自然是指在明代式样不错了。如古语说"束带立于朝"，明朝官吏也束带，清朝也束带。但束法完全两样。明朝的带束在圆领官袍外，同戏台上一样，说是带，实际是一个圈。叶梦珠《阅世编》云：

　　腰带用革为质，外裹青绫，上缀犀玉、花青、金银不等，正面方片一两，傍有小辅二条，左右又各列三圆片，此带之前面也。向后各有插尾，见于袖后，后面连缀七方片以足之，带宽而圆，束不着腰，圆领两胁，各有细钮贯带于巾而悬之，取其严重整饬而已。

这同戏台上的一样。所饰金玉，按品不同，自金镶犀牛角以至素银、明角，由一、二品到八品都有规定。清代也有朝带，也有品级规定，如文一品朝带，镂金衔玉方版四，每具饰红宝石一。二品镂金圆版四，饰红宝石一。但束法不同，清代的带是束在袍子外面，像现在蒙古服装的腰带，载涛在其所著《清末贵族生活中》谈到"带"云：凡袍必有腰带，必带"活计"。这腰带是紧系腰中，"活计"是荷包、扇套等（后面再说），可见清代带上要挂东西，如"束不着腰"，便不能挂。从"带"的解释上，说明戏剧服装是基本上符合明代历史真实的。按品位、按场合穿各式官衣、褶子等，都和明代历史一样。从这点说，"穿破不穿错"，是有道理的。但是从生活真实看，戏剧服装又不是明代历史时期生活中的真实服装。道理很明显，生活中服装分春夏秋冬，有单夹皮棉；戏剧则不必要这样分，而为了表演，又都用夹的代替，这样可以翩翩起舞。戏剧服装为了美，又把生活服饰按照戏剧的需要加以艺术化，这些在明代当时就有了。所以阮大铖、柳如是等人一穿白蟒、一戴雉尾，人家就知道是戏装，因而大家笑他们，以之当作奇闻写入笔记中。因为在昆腔、弋阳，以及近代的梆子、二黄等不同剧种中，所有戏装都是明代服式，而所演戏的故事并非都是明代的，周、秦、汉、唐，代代都有，所穿衣服，都是明代的。

▶《红楼梦图咏》中的王熙凤

先谈谈式样，式样包括长短肥瘦、花色镶嵌种种不同。不妨先看第三回凤姐出

场的衣服：

> 身上穿着缕金百蝶穿花大红云缎窄裉袄，外罩五彩刻丝石青银鼠褂，下着翡翠撒花洋绉裙。

袄、褂、裙是三件主要衣服的名称，褂是套在袄外穿的，按道理穿着褂时，就看不到里面的袄，但是作者总是袄、褂同时写，就是褂可以随时脱去，只穿袄，亦不为失礼。裙内还有裤，这里就没有写。因为一般裙不能随便脱去只穿裤，这就变为失礼，是不可以的。只有晚上在家中卸了装才可以。

袄和褂都有"裉"，即腋下腰身部分，窄裉、直裉（不说宽裉）是式样上肥瘦不同，窄裉是小腰身，如现在之旗袍腰身。裁剪时腋下要挖进弧度，穿着就显出腰肢体态。第四十九回写史湘云：

> 只见他里头穿着一件半新的靠色三厢领袖，秋香色盘金五色绣龙窄裉小袖掩衿银鼠短袄。

湘云的袄也是窄褙，但又加"小袖""掩衿""短"三点式样上长短肥瘦的特征。可是同样窄褙袄，袖子有小有大，也就是有窄有肥；衿有掩、有不掩，中式衣服都是大襟压在底襟上，都一面掩一面，怎么叫"掩衿""不掩衿"呢？这是旧时衣服术语。一般不说"掩衿"的，即普通大襟，胸前中缝右面一块由领、肩斜下来，直到腋下扣钮绊。而掩襟则不然，由肩以下直线下来，正面可以看到钮绊，这是一种很俏皮的式样。另外湘云的袄，特加个"短"字，凤姐未加，说明凤姐的袄是一般长度，衣摆在胯骨下；湘云的短，长度在胯骨上。袄儿长度在胯骨下，腰上系裙，衣服下摆盖在裙上，十分服贴，如短袄，便不能很服贴地盖住裙的上腰。所以湘云服饰，在短袄里面：

　　短短的一件水红妆缎狐肷褶子，腰里紧紧束着一条蝴蝶结子长穗五色宫绦，脚下也穿着鹿皮小靴。（注意，这也是戏剧化的刀马旦，如《虹霓关》东方氏或丫鬟的打扮。）

这里所说狐肷褶子是什么呢？简单说是狐肷短裙，而不解释作京戏中"袄子""褶子"之"褶"。这里如刘若愚《明宫史》"大褶""顺褶"条解释：

> 而褶之上不穿细纹，俗谓"马牙褶"，如外廷之襊褶也。……世人所穿襊子，如女裙之制者，神庙亦间尚之，曰衬褶袍，想即古人下裳之义也。

《红楼梦》写到裙子的地方很多，文章一开始的引文中就提到了袭人的裙子：葱绿盘金彩绣绵裙、白绫细褶儿裙子，凤姐出场穿的翡翠撒花洋绉裙。再有第六十二回《呆香菱情解石榴裙》，用"石榴红裙"，大作文章，写出极美丽的画面。可见裙子在《红楼梦》服装中的重要。

从以上几种裙子中，可以看出，按季节来说：有单裙，有绵裙，进而还可以有皮裙，如第六回凤姐着"大红洋绉银鼠皮裙"，第八回宝钗着"葱黄绫子绵裙"。自然也该有夹裙。按褶儿来说，有细褶，自然也可有粗褶、宽褶、大褶或无褶。按颜色来分，有葱绿、有白、有翡翠、有水红、有石榴红。按花纹来分有盘金彩绣、有撒花（即散花、碎花），自然也可以无花。按用料有妆缎、绫、洋绉、绸等等，自然也有布裙。古语"荆钗布裙"是常说的。裙子在明代有服制、清代无服制。叶梦珠《阅世编》记曰：

> 裳服，俗谓之裙，旧制，色亦不一，或用浅色，或用素色，或用刺绣，织以羊皮，金缉于下缝，总与衣衫相称而止。崇祯初，专用素白，即绣亦只下边一、二寸，至于体惟六幅，其来已久。古时所谓"裙拖六幅湘江水"是也。明末始用八幅，腰间细褶数十，行动如水纹，不无美秀，而下边用大红一线，上或绣画二三寸，数年以来，始用浅色画裙。有十幅者，腰间每褶各用一色，色皆淡雅，前后正幅，轻描细绘，风动色如月华。飘扬绚烂，因以为名。然而守礼之家，亦不甚效之。本朝无裙制，惟以长布没履，无论男女皆然。

据这段记载，可以大略了解一些当时裙子的情况。一关于"幅"，有两种解释。一是做裙子用几幅料子。古代绫、绸等丝料，门幅都较狭，一般为一尺四五寸就算阔的了，六幅拼在一起作裙子，腰间自要加褶，下边十分褶缝波动，展开是很大的。另一种解释"幅"是块或片，六幅就是六块、六片，而每块、每片并不一样阔，引文中有所谓"前后两幅"，一般两幅宽些，左右四幅较窄些，古代有百褶裙，还有百幅裙，其缝制是千变万化的。几十年前，清代中叶的衣服还常见到，见同治以前的各式老裙子，其制不管绵、夹、单、纱，都有裙腰，展开是长方形一片，无褶的一幅压一幅缝在腰上，有褶的自腰上起褶。有的不绣花素裙，有的绣满花，有的只正面一宽幅绣花。裙腰上两头有带子，着时，裙腰系在腰上衣下，用带子系紧。不像现在裙子那样套出套进。第六十二回《呆香菱情解石榴裙》写道：

说着，接了裙子，展开一看，果然合自己的一样，又命宝玉背过脸去，自己向内解下来，将这条系上。

这"解下来""系上"，说的就是这种式样的裙子。再有这段故事在前面宝玉说过这样几句话："你快休动，只站着方好；不然，连小衣、膝裤、鞋面都要弄上泥水了。"

## 小谈"膝裤"

这"小衣、膝裤"都是什么？"膝裤"不是裤子，"小衣"却是裤子。第六回宝玉更衣，"另取出一件中衣，与宝玉换上"；第十五回写秦钟、智能儿私情，"不知怎么就把中衣儿解下来了"。都避免说"裤子"。这"小衣""中衣"是同义词，俗语习惯上这样说。那"膝裤"却是另一种东西。按，"膝裤"又叫"膝袜"，如同"护腿""绑腿"，是绑在膝盖到腿腕、脚面之间的。缝制很考究。《天水冰山录》记有："各色缎绢绸布膝裤。一千一百四十一双，共估价银七十九两八钱七分。"

《阅世编》"膝袜"云：

膝袜，旧施于膝下，下垂没履。长幅与男袜等，或彩镶，或绣画，或纯素，甚而或装金珠翡翠，饰虽不一，而体制则同也。崇祯十年以后，制尚短小，仅施于胫上，而下及于履。冬月，膝下或别以绵幅裹之，或长其裤以及之。考其改制之始，原为下施可掩足，丰跌者可藏拙也。今概用之纤履弓鞋之上，何哉？绣画洒线与昔同，而轻浅雅淡，今为过之。

盖当时女服有两个重要特征：即一是小足，二是不能在人前散着裤腿，裤腿下端要绑起，或束起。明代男人长袜筒、长靴筒，裤角都绑好束在袜筒、靴筒中。女人小足要裹足，袜腰短，与裤角连接处如何绑扎，只用带子还不够，便出现了这种"膝裤""膝袜"的玩艺，其制像士兵的绑腿一样，这种东西在清末还普遍，裹在小腿上，用鞋后跟的搂根带十字交花绑起来。

## 靠色·镶嵌·水田衣·大红鞋

古诗云："记得绿罗裙，处处怜芳草。"从古代至近代，女裙很欢喜用绿色。前引文中什么"葱绿""翡翠"，都是十分明亮显眼的绿色。

另外写湘云里头穿着"靠色三厢领袖，秋香色盘金五彩绣龙"，就是秋香色地子，绣着盘金五彩龙纹或团龙，衣领、衣袖又镶了靠色三层边的衣服。靠色、秋香色是两种颜色。"靠色"是月白深一些、近似天蓝的颜色，又名"缸靠"，即蓝靛染缸之缸。旧式染法，以蓼蓝草在坑中浸一夕，入石灰，不停搅拌，水即成蓝色，澄淀之后，色渐深，成青色，俗名"蓝靛"，此即古语所说"青出于蓝"之义。亦可用蓼蓝叶、松蓝叶发酵制成。靛蓝在染缸中染布，加碱使之起化学反应。要深要浅技术不同，"缸靠"是染浅蓝的技术术语，所以叫"靠色"。秋香色是老黄绿色，如落叶。

"三厢"是镶三层同色或异色的边。明清妇女服装特别讲究镶边，变化也最多，忽而时兴宽，忽而时兴狭，忽多忽少，有时时兴大镶大滚，由袖口镶边可到臂脖以上。《清稗类钞》记云："咸同间，京师妇女，衣服之滚边，道数甚多，号曰'十八镶'。"可见镶边层数、条数之多。在北京俗曲子弟书、马头调等唱词中，有不少描绘衣服镶边的词句，如《妙峰山》云：

　　　　这佳人打扮的整齐……穿一件绵纱的衬衣是绛色，周围的绦子把边厢，上套坎肩是虾青的线绉，时兴的顾绣八吉祥。

　　《鸳鸯扣·拜堂》云：

　　　　只见他钿子时兴却用绉绸包定……镶领袖的袍子洼坑儿只露些微。

　　《出善会》云：

这佳人吃茶已毕忙梳洗……拿几件上样的衣服在衣架上横。穿一件绛色洋呢厢领袖，敞衣儿里衬微微透水红。

又竹枝词《女服》云：

女袄无分皮与绵，宝蓝洋绉色新鲜。
磨盘镶领圆明月，鬼子阑干遍体沿。

以上所引，均可见在女服镶边上的风尚变化。

再式样还有前引第六十三回芳官穿的"三色缎子拼的水田小夹袄"，第三回中宝玉穿的"厚底大红鞋"，也都是当时流行的式样。江南水田春天有深有浅，远望一方块一方块，十分好看。因之用二色或三色绸缎方块拼成衣服，谓之"水田衣"，如用更小的方块或三角杂色绸缎拼成衣服，谓之"百家衣"，像和尚袈裟一样，似乎是化缘来的，俗谓小儿穿"百家衣"长寿。《儒林外史》写马二先生逛西湖，看见：

> 一个脱去元色外套，换了一件水田披风；一
> 个脱去天青外套，换了一件玉色绣的八团衣服；
> 一个中年的脱去宝蓝缎衫；换了一件天青缎二色
> 金绣衫。

这些服装描写，正好和《红楼梦》中所写参看。芳官的"三色水田袄"，宝玉"二色金百蝶穿花箭袖"，和上面所写水田披风、二色金绣衫是一样的花式。

男人穿大红鞋也是明末清初的特征。《儒林外史》中也写到过大红鞋。另外在明末清初曾羽王《乙酉笔记》（上海博物馆藏抄本，现编入《清代日记汇抄》中）中记其松江乡人败家情况道：

> 长元将诚实早亡，次吉人、开先、季超，皆
> 习于赌，家资荡尽。而季超尤甚，始则绒袍红履，
> 继而鹑衣百结，无复人形矣。

明代江南不时兴穿皮衣，富家绒袍红履，是很讲

究的服装了。记载严嵩抄家之《天水冰山录》中，记有不少绒圆领、蟒绒衣、绒女袍、绒女裙等，均可证明此点。

## 配色花纹刺绣

衣服式样时兴不时兴，除去长短肥瘦、领袖襟摆等变化，如大袖可以大到三尺，小可以小到束在腕子上，什么箭袖、小袖等等。领子也可以时有时无，时高时低，明代人用白护领，清代有时有领、有时无领等等。在女人服装中，变化最大的是各种花纹刺绣，旧时谓之"组绣""锦绣"，总之都是有花纹的。无花谓之"素"。

花纹刺绣之变化，一在色彩，二在花式，三在绣与织、明与暗等等。看第四十回所写，先是凤姐道：

> 昨儿我开库房，看见大板箱里还有好几匹银红蝉翼纱，也有各式折枝花样的，也有"流云蝙

蝠"花样的，也有"百蝶穿花"花样的，颜色又鲜，纱又轻软。

接着贾母又道：

你能活了多大？见过几样东西？就说嘴来了。那个软烟罗只有四样颜色：一样雨过天青，一样秋香色，一样松绿的，一样就是银红的。要是做了帐子，糊了窗屉，远远的看着，就和烟雾一样，所以叫"软烟罗"，那银红的又叫做"霞影纱"。如今上用的府纱，也没有这样软厚轻密的了。

这两段话将颜色花纹说的都非常细致，形象。所谓花纹，可以看出，这是"织"就的，是暗花，即花纹与地子同一种颜色。花纹密，颜色暗些；地子疏，颜色亮些。花纹"各式折枝"、"流云蝙蝠"（也叫"流云百福"）、"百蝶穿花"，都是上谱的，也是当时时兴的。所说色彩四种：雨过天青、秋香、松绿、银红。后一种因朝霞、晚霞是红的，薄薄浮动一层，所以叫

"霞影"。"雨过天青"原是瓷器颜色，极淡的蓝绿色。五代柴世宗烧窑，大臣请示烧成什么颜色，柴世宗批了两句道："雨过天青云破处，这般颜色做将来。"结果就烧出了极为淡雅美丽的"雨过天青"，也就有传世的最有名的瓷器"柴窑"。

曹雪芹笔下的色彩写的特别漂亮，综合前文所引，可以看出红有大红、玉色红、水红、海棠红、桃红、银红等等，绿有葱绿、松绿、翡翠绿等等，其他什么青、石青、靠色、秋香、雨过天青等等，五花八门，美不胜收，这是要有很大学问的。行话说"绣花容易配色难"，色彩是专门的学问。单一个绿色，由深到浅叫的出名称的有四十多种，新的变化还不算，一个好的绣工，首先的技艺就显示在配色上，然后才是针法。曹雪芹是精通"色彩学"的，不但在写每一种服装时，都描绘了最悦目的颜色，而且在第三十五回《黄金莺巧结梅花络》中，作了极生动的"色彩学"理论发挥：

莺儿道："汗巾是什么颜色？"宝玉道："大红

的。"莺儿道："大红的须是黑络子才好看，或是石青的，才压得住颜色。"宝玉道："松花色配什么？"莺儿道："松花配桃红。"宝玉道："这才姣艳。再要雅淡之中带些姣艳。"莺儿道："葱绿、柳黄可倒还雅致。"……

后来宝钗提到络玉，又谈颜色道：

用鸦色断然使不得，大红又犯了色，黄的又不起眼，黑的太暗；依我说，竟把你的金线拿来配着黑珠儿线，一根一根的拈上，打成络子，那才好看。

这些话看上去简单，却包含着很大学问在里头。在服装颜色上，不只反映了配色不配色，美不美，也反映了各个时代的时尚，一个时代喜欢用这种颜色，过一个时代不时兴了，便流行另一种颜色。近人崇彝《道咸以来朝野杂记》特别记载清代女服流行的色彩：

妇女制服，最隆重者为组绣丽水袍褂。袍则大红色，褂则红青，即天青。……敞衣分大红色、藕合色、月白色……若孀妇敞衣或蓝色，则酱色衬衣，则视外敞衣之颜色配合之。女褂有八团者，亦天青色，下无丽水……内不穿袍，以衬衣当之，其色或绿，或黄，或桃红，或月白，无用大红者。

崇彝所记，也反映之《红楼梦》服装的特征。如袭人回家所着是"青缎灰鼠褂"，凤姐送给她的是"石青刻丝八团天马皮褂"，这就是崇彝所说的"褂则红青，即天青"，也叫石青，是一种反映出一点红色感觉的黑色。清代补褂一般都用这种颜色，不管缎料、宁绸料、纱料都一样（褂料很少用软绸料，一般都较挺刮）。昭梿《啸亭续录》也记录了清代中叶时尚服色：

又燕居无着行衣者，自傅文忠公征金川归，喜其便捷，名"得胜褂"（按，即马褂），今无论男女，燕服皆着之矣。色料初尚天蓝，乾隆中尚玫瑰紫，末年福文襄王好着深绛色，人争效之，谓之"福色"。近年尚泥金色，又尚浅灰色，夏日纱服皆尚棕色，无贵贱皆服之。亵服初尚白色，近日尚玉色，又有油绿色，国初皆衣之，尚沿前代绿袍之义。纯皇帝（乾隆）恶其黯然近青色，禁之。

昭梿所记可与崇彝所记参看，但昭梿所记以男服为主，至于年青妇女服装，仍以大红及各种红色为最漂亮的服装，这远自明代即如此。《阅世编》所谓："寝淫于明末，担石之家非绣衣大红不服，婢女出使非大红里衣不华。"这在《红楼梦》中，都有充分的反映。

有一点还须说明，即前面所说各种漂亮颜色，还都是衣料本身的颜色，另外还要加各种组绣，即要织上彩色花纹或绣上花纹。叶梦珠《阅世编》记明末清初女衣彩绣云：

　　然余幼见前辈内服之最美者，有刻丝、织文。领袖襟带，以羊皮金镶嵌。若刺绣直以绣线为之，粗而滞重，文锦不轻用也。其后废织文、刻丝等，而专以绫纱堆花刺绣。绣仿露香园体，染彩丝而为之，精巧日甚。

这段记载，给《红楼梦》的服装作了注解。第五十一回袭人的两件衣服：桃红百花刻丝银鼠袄、石青刻丝八团天马皮褂子，都是"刻丝"。刻丝也叫"缂丝"，是很古老的类锦的丝织品，而非绣品。刻丝都是绢地，经、纬线都是生丝，较硬，织成料子较挺刮。在织绢地的同时，再用许多小梭子，梭心缠各种彩线，在织绢地纬线的同时，按照图案花样，投以各种彩色梭，这样便在生绢地子上出现了各种彩色花纹。宋庄季裕《鸡肋编》云：

定州织"刻丝"，不用大机，以熟色丝经于木桯上，随所欲作花草禽兽状，以小梭织纬时先留其处，方以杂色线缀于经纬之上，合以成文，若不相连，承空视之如雕镂之象，故名"刻丝"。

这是自宋代发明的一种丝织法。织功一般的作衣料；织功精美的同名画一样，成为艺术珍品。过去故宫博物院收藏有《宋缂丝喜报生孙图》，盖有"无逸斋精鉴章"；《宋缂丝米芾书七言诗》，有"襄阳米芾"题款；《宋缂丝赵昌竹梅双喜》，有"赵昌制"题款；《宋缂丝沈子蕃花鸟》，有"子蕃"题款。这些都是稀世国宝，可惜半世纪前都被弄到海外去了。

织文就是织锦，锦和锦缎，都是用彩色丝织成的纺织品。锦是全部织成彩色花纹的织物，锦缎是缎地子，花纹地方用彩色丝线按织锦的办法织，而地子部分则按一般素缎的织法织。锦的花纹以彩色鲜明引人，多是几何图案花纹，如"回文""方胜""连环""福寿""狮子滚绣球"等。第六回写凤姐房中炕上"立着一个锁子锦的靠背和一个引枕"，锁子锦就是锁子彩带图案的锦。还有其他未写明绣的不少花纹衣服。

至于说到绣，则同刻丝、锦等有原则区别，即一是织就的花纹，一是在素地绸、缎、纱、绫上绣花。如第三十六回所写：

原来是个白绫红里的兜肚，上面扎着鸳鸯戏莲的花样，红莲绿叶，五色鸳鸯。

北京话绣花叫"扎花"，所以这里用"扎着"。绣花的种类很多，一般分线绣、丝绣、堆绣、贴花、盘金等等。线绣是用丝线按花纹来绣，绣成后，有明显的线纹。丝绣是用丝线坯子（即未绞紧的线）来绣，这种丝线坯子有的地方叫"绒线"，绣出花纹后，更为平稳。而针法可以交叉，绣出阴阳深浅，浑然一体，比线绣更好看。明代上海著名的露香园顾绣，就是用这种针法。所以《阅世编》说"绣仿露香园体"。什么"撒花洋绉裙"、第四十回所写探春房中"葱绿双绣花卉草虫的纱帐"等，都是用这种绣法。而且在纱地上"双绣"，又叫"两面绣"，即两面看上去花纹是一样的，绣法更讲究。

## 金银线

当时不论刻丝、织锦、刺绣，用金银线的很多，金线有深、有浅，有所谓二色金、三色金等等。如宝玉"二色金百蝶穿花大红箭袖"、王夫人房中"大红金线蟒引枕"、凤姐"缕金百蝶穿花大红云缎窄褃袄"、宝玉"掐金满绣的锦纱袜子"、湘云"秋香色盘金五色绣龙窄褃小袖掩衿银鼠短袄"等等，这些华丽的服装和寝具中均有"金"字、什么"二色金""金线蟒""缕金""掐金""盘金"等等，都是当时金线织物或金绣的术语，不加解说，是很难较全面地理解的。

金织用金线，金绣用金线或金箔。金线均真金所制，将金捣成极薄之金箔，比纸还薄，据说一两黄金或紫金，均可捣成一亩二分大面积的金箔（见拙著《红楼识小录》中有关文章，不多赘）。用极细的丝线，加一点粘合剂，手工把金箔搓在丝线上，就成了真金线了。如刻丝、织锦，在织时，把金线缠在小梭子上，随着各种彩线，按花纹要求织进去，便是带金光花纹的刻丝、织锦了。如"大红金钱蟒引枕"，这可以用织的，也可以用绣的。十九回宝玉所穿"大红金蟒狐腋箭袖"，同样可以用织的或绣的。明代织多绣少。《天水冰山录》中所载料子及衣服就有：

> 大红织金妆花蟒龙缎、大红遍地金缎、黄织
> 金蟒龙缎、大红织金蟒绢、青织金妆花蟒绢、大
> 红妆花遍地金蟒罗、大红织金妆花蟒龙罗、大红
> 织金过肩蟒纱、大红织金蟒龙绸、青织金穿花凤
> 宋锦、大红织金绫、大红织金蟒缎圆领、大红织
> 金蟒龙云绢衣、大红织金妆花过肩蟒罗衣。

《天水冰山录》所列上千种，在此所引是极少的一部分。不过看到明清金线织物的绚丽多彩，其纺织工艺的精美是可以想见了。

金线绣花，可以用金线像一般彩线那样扎花。另外就是把金线一圈圈地盘成花纹，用丝线把金线平面钉在料子上，用黄、红、白丝线很小的针脚来钉，颜色视金线之深浅，甚至有白色之银线。这就是"盘金"，颜色有深浅，即谓之"二色金"，即有金线、有银线。一条条用金线绣出者，或在彩线周围加金线边

者，谓之"缕金"。用彩色碎绸缎剪成花朵，贴在料子上，挖去的地上，下衬金箔，再用丝线钉牢的，谓之"掐金"。全用金箔金线贴在料子上钉牢，成为满金花，谓之"平金"。总之，黄金在丝织品和绣花衣服中，应用广泛，极为重要。

## 花样用料品种

再按官服袍、褂花纹，以及常服花纹虽各个时代均有流行花样，但当时取吉祥意之花纹多，如团鹤、松鹤、江山万代、瑞草螭虎、万字牡丹、八吉祥、拱璧、圆寿、长寿、如意、鸳鸯戏水、白头到老、富贵长春、菊竹梅兰、岁寒三友、喜鹊登梅、云龙捧寿、五福捧寿等等。

用料则有缎、绸、纱、罗、绢、锦、呢等，而缎又分妆缎、库缎、贡缎、蟒缎、锦缎、改机、漳缎；绸又分宁绸、春绸、绉绸、茧绸、绵绸、江绸；纱又分实地纱、亮纱、芝麻纱；罗又分生罗、熟罗、横罗、

▶ 宋沈子蕃缂丝梅鹊图轴

▼ 官服花样

直罗、七丝罗、九丝罗等等。总之每名称中又分若干类，每一类中又可分小类，如罗中分到"软烟罗"一种，那已是最细的具体的名称了，而还要根据颜色分，分出"霞影纱"来，那真可以说细入毫微了。呢是由外国和少数民族那里进来的。所以哆啰呢、哔叽、氆氇等等，都是译音。另外还有大呢、小呢之称。另外有绒、金貂绒、海虎绒、漳绒等丝织品。

# 荷包漫话

第二回写林如海的官："今已升至兰台寺大夫。""甲戌本"便有眉批道：

> 官制半遵古名亦好，余最喜此等半有半无，半古半今，事之所无，理之必有，极玄极幻，荒唐不经之处。

这是曹雪芹的苦心避世，惨淡经营的结果。但是隐晦的能力，毕竟是有限度的。况且他是用写实的手法写《红楼梦》，因此也不可能把《红楼梦》所有的内容，都写成"半有半无，半古半今"。因而在具体生活细节、风俗故事上，就往往只剩下"半有"和"半今"了。那就是曹雪芹时代的社会真实，遇到特殊的风俗故事，就明显地显示出"朝代纪年"来了。荷包微物，就足以显示清代宫廷及社会的特征。第五十三回《宁府除夕祭宗祠》中云：人回"北庁王爷送了对联、荷包来了"。这一句，就是上面我所提论点的明证。

年终王府送对联给贾珍，虽说春联一般都是自己家写的，不当作礼物送来送去，但现在人想当然，或许还能牵连得上。至于说到送"荷包"，就更难理解了。人回话之后，接下去写道：

> 贾珍听说，忙命贾蓉："出去款待，只说我不在家。"贾蓉去了。

为什么贾珍对王爷送这些来十分冷淡，采取回避态度？曹雪芹在叙述贾珍看族中子弟领取年物、训斥贾芹的当口，忽然插进这么两句，是什么意思？这些都要结合当时宫廷年终赏赐王公荷包的故事讲起。

清朝宫廷制度，年终要赏给王公大臣东西。其中荷包是主要的。经历过乾嘉时代亲贵昭梿（清太祖努尔哈赤第二子代善后人，曾袭礼亲王爵，后被削王爵）在其所著《啸亭续录》卷一中记云：

定制，岁暮时诸王公大臣皆有赐予，御前王大臣皆赐"岁岁平安"荷包一，灯盏数对及福橘、广柑、辽东鹿尾、猪、鱼诸珍物无算。外廷大臣择其圣眷优隆者亦赐荷包一，皆佩于貂裘衿领间，泥首宫门前以示宠眷。

这一则为光绪初年桐西漫士所著《听雨闲谈》摘引。此书为抄本，原藏亡师刚主先生瓜蒂庵。现已影印，为《瓜蒂庵藏明清掌故丛刊》十种之一。

另，同治时吴振棫《养吉斋丛录》卷十四云：

曩时岁终，赐蒙古亲王大荷包一对，各色玉石八宝一分。小荷包四对，贮金银八宝各一分。

又小荷包一个，贮金银钱四枚，金银锞四枚。

以上征引足以证明，清代皇帝年终时赏赐王公大臣的物品中，荷包是主要的。同样，大臣年终进贡皇帝的物品，荷包也是主要的一项。

同书《养吉斋丛录》卷二十四记云：

直隶总督年贡进：

三镶如意一柄，吉绸袍褂二十五套，饶绸袍料五十件，一丝加金大荷包五十对，一丝加金小荷包五十对，桂元五桶，南枣五桶。

据上所引，可见清代宫廷中，年终时皇帝赏大臣、大臣进贡皇帝，荷包都是主要的物品。因而《红楼梦》中年终时北府王爷送荷包给贾珍，就充分显示了这是清代的风俗故事了。

也许有人说：前引文献，只不过说是皇帝赏王公大臣，外省总督进贡皇帝，并没有说到王爷送礼，这又如何解释呢？这可以从两方面说明。一是王爷得了皇帝的年终赏赐，再分送一点给身份相当的至亲好友，以共沾"圣恩"，也足以夸耀自己之"圣眷宠遇"，这种风尚在当时王公大吏中是很普遍的，是一种礼仪。道光十五年（公元一八三五）冬，林则徐接江南督篆署理两江总督，腊月十七日《日记》记云：

> 申刻折差外委龚寅赍两次批折回，并捧到恩赏御书"福"字、"寿"字各一幅，鹿肉、狍肉各二方，跪迎叩领，即分致将军、都统、织造、司、道，仍留一方待寄苏，以供祖先。

这就是把年终皇帝的"恩赏"分赠别人，以共沾"圣恩"。至于分致的诸人中，有的也可能直接得到皇帝"恩赏"，如将军、织造等人，自然也分一点回赠总督（当时一般尊称曰"制军"）。但也有不能直接得到皇帝恩赏的，如"司、道"之类，因级别较低了。这就只能因制军分惠，稍沾"圣恩"了。北府王爷送"荷包"给贾珍，可能是这种情况。

二是王府制度，不少地方模仿宫廷，又略逊于宫廷。宫廷中年终时皇帝赏赐王公大臣"荷包"，王府中年终时，王爷也以"荷包"送礼，赏人。这样北府王爷送"荷包"给贾珍，也就理所当然，有充分的历史根据了。

至于说到贾珍的态度，为什么对王爷送礼并不重视，而且故意推说不在家，不去接待。可以参看第五十三回前面，贾蓉领了春祭恩赏金回来贾珍说的话，一曰：

除咱们这么一二家之外，那些世袭穷官儿家，要不仗着这银子，拿什么上供过年？

二因贾蓉说光禄寺老爷们问候曰：

他们那里想我？这到了年下了，不是想我的东西，就是想我戏酒了！

这些联系起来，就可以看出，贾珍自恃富有，看不起那些穷官儿，包括世袭的一些穷王爷。因而贾珍也想到，人们把他当作一块肥肉。王爷首先送来对联、荷包，貌似隆重，表示岁时吉祥，实际是不值银钱的小玩艺。而万一接待送礼者，如何答谢，以贾珍的身份，倒为难了。万一来人以王爷的口气，提出年钱紧，临时要借几百两银子，实际是打秋风，又该如何回答呢？所以不见为妙。

至于说到"荷包"，为什么说是小玩艺呢？这绝不是故意贬低。因为它的确是玩艺。固然皇上岁暮拿它赏王公大臣，督抚拿它进贡皇帝，但同样家主人在除夕也拿它赏赐子侄、奴仆。在第五十三回同一回书中，写贾母除夕受礼，直到"两府男女、小厮、丫鬟"依次行礼毕，"然后散了押岁钱并荷包金银锞等物"，这不是赏给小丫鬟，也要赏荷包吗？那王府送给贾珍一个荷包又有什么希奇呢？

荷包只是个玩艺，但上自皇帝，下至小丫鬟，都能当礼物送来送去，而且十分重视，在清代二百六七十年中，历久不衰，这是什么原因呢？

不要小看"荷包"这样一个微不足道的玩艺，它却是清代满人重要标志之一，早在满洲进关之前，就在八旗军队中流行起来了。清代宫廷一直十分重视这个传统，不但在旗人中重视，而且流风所及，直到汉人官吏及民众间，无一不珍视"荷包"了。先看它的来源。《清朝野史大观·清宫遗闻》卷二记云：

士大夫奉使行役，多着缺襟袍，即《会典》所谓行袍也。行装多佩"荷包飘带"，亦曰"风带"。《会典》称为"帉"。行袍之帉，宜以素布为之。视常服带微阔而短。满洲松湘圃相国，尝于扈从时语同列曰：君等知荷包佩帉所由始乎？我朝初以马上得天下，荷包所以储食物，为中途充饥之用，佩帉所以代马络带，恐带偶断，则以帉续之。其初皆用布，今施之礼服，乃饰以绸耳。观此知行装荷包，亦应用布。

按，"松湘圃相国"即松筠，姓马拉特氏，蒙古正蓝旗人，乾隆间笔帖式，嘉庆时官至武英殿大学士。坐事屡踬屡起，道光间以都统致仕。他的话说明荷包飘带的历史起源，宫廷特别重视。谁要特别尊重这一传统，便要书之史册，以垂久远。《清史稿》卷二百十四，《后妃列传》记乾隆后富察氏云：

> 高宗孝贤纯皇后，富察氏，察哈尔总管李荣保女。高宗为皇子，雍正五年，世宗册后为嫡福晋，乾隆二年，册为皇后，后恭俭，平居以通草绒花为饰，不御珠翠。岁时以鹿羔薲毶制为荷包进上，仿先世关外遗制，示不忘本也。

富察氏是乾隆做皇子时的嫡福晋，雍正五年册封时十六岁，乾隆生于康熙五十年，是年十五岁。乾隆十三年三月，富察氏死于南巡途中，德州舟次，乾隆立即罢南巡回京治丧。《列传》所说"岁时以鹿羔薲毶制荷包进上"，其中"岁时"就是指过年新正及端午等大节。"鹿羔薲毶"是杀母鹿剥出胎羔之皮，如羊皮中之珍珠毛。皮极薄，黄色，有毛茸。又柔软，又坚固，又是黄色，适合于皇帝佩带。清代皇帝以明黄（近似鹅黄）为帝王色，皇帝服饰一切都用此色，皇帝也要带荷包，规定黄色。别人要用这种颜色荷包，便要犯罪。《东华录》卷二十七记雍正时年羹尧罪状，"僭越罪"之一就是："用鹅黄小刀、荷包，穿四衩衣服。"

另，关于富察氏制荷包的故事，桐西漫士《听雨闲谈》也有记载，文云：

> 孝贤纯皇后富察氏，文忠公之姊也。性贤淑节俭。上侍孝圣宪皇后（雍正后），恪尽妇职。正位中宫，十有三载，珠翠等饰。未尝佩戴，惟插通草绒织等花以为修饰。又以金银线索缉为佩囊，殊为暴殄天物，故岁时进呈纯皇帝荷包，惟以鹿羔毡毵缉为佩囊，仿诸先世关外之制，以寓不忘本之意。

这段记载与《清史稿》文字大同小异。有两点说得更详细些，即一为考究的"荷包"，都是金银线所缉，"缉"是广义词，或指编结，或指刺绣；二为荷包的广义代词即为"佩囊",用现在的口语说,也就是"挂在身上的小口袋"。但是就是这样一个小小的"口袋",做成特殊样式,有飘带、有流苏、细镶细绣、金银彩线,便做成为各式各样的"荷包"了。

"荷包"按照前引松筠的说法,它最早的用途是行军时"储食物",实际就是军用的干粮袋。但到了清兵进关之后,它的用途已经变了。不单是八旗兵行军"储食物"的"荷包"了,到了《红楼梦》时代,那"荷包"是使用范围极为广泛的了。就《红楼梦》中所写,起码有以下几种:

一是放金银锞子及钱币的。前引第五十三回"然后散了押岁钱并荷包金银锞等物"一句,"荷包"和"金银锞"是在一起的。金银浇铸成整块的作为货币流通,大的五十两或十两的叫"元宝",简称"宝",有特定式样。十两以下浇铸成"锭子",也有特定式样。再小一两以下叫"锞子",可以浇成各种花式样子,如梅花、海棠、如意等形状,放在"荷包"中送人。因为送"荷包"不送空的,里面总要放一个小锞子。第四十二回写鸳鸯拣点送刘姥姥的东西，有这么几句穿插：

> "这是两个荷包，带着玩罢。"说着又抽开系子，掏出两个"笔锭如意"的锞子来给他瞧，又笑道："荷包你拿去，这个留下给我吧。"

后来刘姥姥说"姑娘只管留下罢"，而鸳鸯则说："哄你玩呢？我有好些呢，留着年下给小孩子们罢。"鸳鸯是个细心人，用玩笑的方式告诉刘姥姥"荷包"中有锞子，不是空的，以引起姥姥注意，同时告诉年下给小孩子押岁，又有"荷包"，又有"锞子"。这都可以说明"荷包"的功用，首先就是装金、银锞子，也自然是装货币、装钱了。在清朝近三百年中，首先习惯指"荷包"是装钱的。有钱或得到一笔钱，别人说你"荷包鼓了"；相反说"荷包瘪了"或"荷包空了"；让人花点钱，便说"松松荷包"。这种话，到现在还有年纪大的人偶然会说出来。

二是放香料，如散香、香饼儿等的作为香袋儿用的小荷包。如第十九回写宝玉到袭人家去看望，描绘袭人的招待情况道：

> 又用自己的脚炉垫了脚；向荷包内取出两个梅花饼儿来，又将自己的手炉掀开焚上，仍盖好，放在宝玉怀里。

这"梅花饼儿"，不是吃的饼，而是用柏木、檀木等木头锉成香面子，再用模子压成各种形状饼儿，当时一般称作"香饼子"，放在香炉或手炉内点燃，一来闻味，二来借一点热气烘手。

再看第四十三回，宝玉去水月庵祭金钏儿，他叫焙茗买檀、芸、降等好香。焙茗回说买不到，宝玉为难，焙茗提醒他说：

> 要看作什么使？我见二爷时常带的小荷包儿有散香，何不找找？

一句话提醒了宝玉，摸摸衣襟上挂着的荷包，"竟有两星沉速，心内欢喜"。后来觉得不恭，但又一想："自己亲身带的，倒比买的又好些。"所谓"两星沉速"，"两星"是两小块或两小撮，是微量词，泛指。"沉速"是香名，沉香属瑞香种，速香正名"黄熟香"，俗讹为"速"。都是木料，有香味。二者原为二种，即入水下沉者为沉香木，不沉者为熟香木。一般统称"沉速"，是把二者混在一起了。

▶ 民国手工刺绣香囊"蝶恋花"

现在人们熏香，有化学合成香料，不用自然香料，更不焚香（不是拜佛敬神焚香），所以也不懂各种"香"，也就不理解挂在衣襟上的香袋儿小荷包了。实际香袋儿也是荷包的一种。十七回黛玉生气剪的那个，说是"没有做完的香袋儿"，实际也就是一个小荷包，不过是专来装"香"的。这段叙述文字较长。"香袋儿"和"小荷包"二词在文中相继重出，正是当时的生活口气，十分生动。现在读者，不理解当时的生活，因为时代的隔阂，往往要误认为二物了。

三是装槟榔、豆蔻、砵仁等咀嚼食品。且看《红楼梦》中所写，第六十四回中尤二姐和贾琏调情的一段：

> 因见二姐儿手里拿着一条栓着荷包的绢子摆弄，便搭讪着，往腰里摸了摸，说道："槟榔荷包也忘记带了来，妹妹有槟榔，赏我一口吃。"二姐道："槟榔倒有，就只是我的槟榔从来不给人吃。"贾琏笑着，欲近身来拿。二姐儿怕有人来看见不雅，便连忙一笑，撂了过来。

当年风俗习惯中的吃槟榔，以及砂仁、豆蔻等，都是只嚼而不咽，好像当代外国有些人习惯嚼口香糖一样。现在这种风俗习惯，除个别少数民族地区而外，一般都没有了。

四是装叶子烟。这在《红楼梦》中没有描绘过。但在当时社会上是非常普遍的。《都门竹枝词》云：

> 金线荷包窄带悬，戳纱扇络最新妍。
> 烟筒毛竹湘妃竹，眼镜镶来玳瑁边。

"百本张"俗曲子弟书《出善会》云：

> 一条南绣堆花天蓝手帕，挂镜儿一轮秋月穗儿红，拿一根银锅玉嘴竹节烟袋，大底儿荷包是凤绣龙。

以上约略区分四种荷包的用途，这些"荷包"大小、式样并不一样，各有各的用处，但统名之曰"荷包"。

《红楼梦》第十七回，写宝玉大观园题对额之后，得到贾政的欢心。出来后在院中贾政的小厮们抱住宝玉，要求赏赐，宝玉笑说赏每人一吊。而众人们不希罕那一吊钱，要求：

> "把这荷包赏了罢。"说着，一个个上来都解荷包，解扇袋，不容分说，将宝玉所佩之物，尽行解去。

试看"一个个"和"尽行解去"二语，"一个个"最少三四个人以上，"尽行"是"所有的"，意思也不只三两个。现在如果有细心的读者，便会感到纳闷：宝玉身上究竟带着多少零七八碎的玩艺呢？这"解荷包、解扇袋"，似乎不只是一个荷包，还不包括内衣襟上带的黛玉做的那个小荷包。《红楼梦》时代像宝玉这样身份的人，身上要佩带多少零碎呢？不妨引一段清代贵族的记录看看。载涛、恽宝惠所写《清末贵族之生活》有一段记云：

> 凡袍必有腰带，必带"活计"，活计分七件

头、九件头等种，其质料为缎子。颜色则分红、蓝、黑、白等，亦以配合时令、用场及袍时所宜。其质料则分缂丝、平金、绣花、戳纱、打子，以工细为贵。男所常用者，如扇套、眼镜盒、表套（用明面表，当时如"播喊"之类）、槟榔荷包、跟头裆裤、钥匙袋、搬指套。每件必以"别子"系于腰带之上。尚有长、短两种荷包手巾……此外亦有带旱烟袋荷包者，年老留须则带有胡梳套，此两样不在七、九件头之内。每件均下垂有的穗（颜色配合不拘），惟皇族及公主子孙，皆用杏黄色。女活计则仅用挂镜及荷包。

这是清代末年的情况。宝玉生活的《红楼梦》时代，与此或略有出入，但基本上一样，他身上带的零碎荷包之类的玩艺，大约不会少于六七样，如此才符合"一个个"及"尽行解去"的说法。

上自皇帝下至贩夫走卒，都要带"荷包"，因此高级荷包的制作必然是精美绝伦的。它的特征，一般是有里有面用缎子缝制的小口袋，有软有硬，软的不用衬，硬的里面要垫衬，像做布鞋一样。口上要穿丝绳，可以抽紧、拉松。表面要绣花。在荷包口两边，有两根小飘带。底部都有穗子。形状可以长形、圆形、鸭蛋形、鸡心形、葫芦形……不要看一个小荷包，做工可以极为考究精美。刺绣显示了极高的工艺水平。如"百本张"俗曲《少侍卫叹》云：

> 外套儿是带膆的貂皮月白绫子做里，库灰线绉火狐皮袍暖而轻，小荷包平金打子三蓝的穗，天青色扣绉搭包里儿红。

俗曲《射鹄子》云：

> 进来位丰姿翩翩的美少年，穿着件避雪遮风、风吹麦浪的羊皮袄，配着那盘花绕蝶、蝶旋金丝的矮缎边，这边是荷包紧系鸳鸯佩。

每描绘漂亮衣着，必然要写到漂亮的荷包。可见荷包在当时多么重要，又多么讲究。清代前门两边，有两条专卖荷包的巷子，叫东西荷包巷，出卖精美荷包，价钱是可观的。

李慈铭《越缦堂日记补》同治元年十一月二十五日记云：

> 癸酉，雪，上午止，巳刻偕雨田诣吴仲芬、孙石湖同早饭，又步至前门荷包棚子，买鸡心荷包一枚，予恬代付钞，两缗。傍晚归。

鸡心荷包是很小的，而一枚售"二缗"，即两吊钱。"付钞"是付钱票，而非铜钱。北京当时是当十铜钱论"吊"，两吊并非两千枚制钱。一般兑换有涨有落，大约是五百枚或更少些即当一吊矣。折合白银二至三四钱，以之买一小荷包，不算太贵，亦不算便宜了。当然还有更贵的。如前面俗曲所说"小荷包平金打子三蓝的穗"，"打子"是泥金绣品的一种，同"戳纱"等一样，都是刺绣专门术语。当时刺绣用金色者，一律用真正黄金、捣箔、捻线，不但材料贵重，而且工艺复杂，要求高，所以是十分贵重的。这是北京二百多年中，特有的工艺美术，在半世纪前，收藏家均视为珍贵的文玩了。袁良氏所编《旧都文物略》有清代荷包巷（庚子时焚毁）宫样九件照片，并有文字说明云：

> 清代荷包巷所卖之宫样九件，压金刺绣，花样万千，当日驰誉全国，近来偶有所获，亦视为希珍云。

这九件中，除眼镜盒、扇套等而外，有鸡心荷包一对，葫芦荷包一枚，纯属"荷包"者占三分之一。

但是《旧都文物略》在前面还有几句话说道："皆以供远客，本京一般妇女，工作均较外省精当而得样，故家庭活计，凡裁衣制鞋，以及巾帔系饰，悉不需外求。"这几句话很重要，盖这一风俗习惯的传统，早自清初宫廷中提倡，已经遍及王公权贵之家，而至于一般百姓。清代北京前门东西荷包巷出售的荷包、宫式九件等等，虽然做工考究，精美绝伦，但《红楼梦》大观园中的奶奶小姐们，绝对不会买荷包巷肆中的东西，而都是自己制作的。这可据凤姐的话作为明证。第七十四回凤姐儿辩解绣春囊道：

> 这香袋儿是外头仿着内工绣的，连穗子一般都是市卖的东西，我虽年青不尊重，也不肯要这样东西。

可见当年王公贵戚内闱中，多么轻视这些"市卖"的，相反就是极端重视闱中亲手自制的了。据此也可进一步理解贾政的小厮们为什么不要一吊钱，而争着解宝玉身上带的荷包。这不只是因为这些荷包每个所值不止一吊，也不单纯因为这些荷包特别精美，更重要的是贾政的小厮们知道这些"荷包"是宝玉房中的袭人等人做的，是尊贵的姑娘们亲手制作的，是花多少钱也买不到的，而当时风俗，闱中女红、制作的精美绣品，是从不保密的。所以贾政的小厮既珍贵这些

东西，也敢于亲手解这些东西，要这些东西。所以到
了里面，袭人只笑着说："带的东西，必又是那些没脸
的东西们解了去了。"也只是笑骂而已，并不真当作一
回事。

为什么这样呢？这还要从当时的"荷包"的功用
说起。按照前引文献中松筠的话："荷包"起源是八旗
兵进关之前的干粮袋。后来才流行为多种形式、多种
功用，装槟榔、装香饼、装叶子烟的小口袋。制作日
趋精美，成为一种特殊的刺绣工艺品。这都是"荷包"
的一般功用。另外它还有一种特殊的功用，就是这个
小小的"荷包"，曾经作为三百年中青年男女传递爱
情、表示爱情的表赠之物。小小的"荷包"，一针针、
一线线，都曾挑动着少女的心，牵惹着爱之情丝的。
《绣荷包》一直是北方小曲中的有名的情歌，直到半世
纪前还很流行。

想象八旗兵丁进关之前，以"荷包"作干粮袋，
或者把干粮袋就叫做"荷包"，都无不可。但其制作
者，自然都是妇女手工。可能也不是统一制作，而大

多是年青妻子给丈夫制作的，或是未过门的闺女偷偷给女婿制作的，或者也有姊妹们给兄弟制作的。制作这些荷包时，自然是拿出最好的技巧，慧心独运，倾注了全部感情去制作。这就是当年"女红"之精具体表现，是可以在社会上得到极大的赞赏，引为最得意的夸耀的。

《清史稿》记乾隆孝贤后富察氏给乾隆亲手制作鹿羔皮荷包，说什么"不忘本也"等等。实际只是官腔。因为皇帝、皇后也是"人"，结婚时一个十五、一个十六，同一般的少男少女在异性的欢爱上，其心理状态并无两样。亲手精心制作荷包，自然也主要是一种表现爱悦的方式。这同黛玉精心为宝玉绣制小荷包，其心理状态也是一样的。也同小户人家少女为心上人制作荷包的心理相同。因而在清代荷包的投赠，除去宫廷、王公大臣岁时赏赐馈赠之外。更重要的就是青年男女的投赠了。包括已婚和未婚的都一样。其缝制还不同于一般的衣服和鞋袜，而更重要是表示爱慕及相爱之心，所以大多数"荷包"，都制成"鸡心式"，这是最重要的。《红楼梦》在第十七回中，写出了宝玉和黛玉以"荷包"为中心媒介的极好看的爱情画面，而不是一般送荷包、绣荷包等等，却是以"铰荷包"作为矛盾中心，表现心理细入毫发，理解了"荷包"在当时风俗习惯中的特殊意义。

因为"荷包"常常是作为表现爱悦时青年男女传递私情的表赠之物，因而不但刺绣精美、精心制作，在花纹上也就特别追求能表现爱悦的意义，如"并蒂莲""鸳鸯鸟""两鲤鱼""双蝴蝶""如意""连环"等等，都要成双配对。人物则是"牛郎织女""和合二仙""麒麟送子"等，以及"狮子滚绣球""榴开百子""喜鹊登梅"等，都是表现婚姻喜讯、夫妻和美的。

古语云："闺房之乐，有甚于画眉者。"这样由于"荷包"是传递男女情爱的表赠之物，是挂在襟袖之间的，正如宝玉祭金钏时所想的："自己亲身带的。"因此，其所绣花纹，除去可公之于众的"鸳鸯戏水"之类的外，便又出现表现性关系的"绣春荷包"。第七十三回所写傻大姐拾的"绣香囊"，并不是一个口袋，实际也是一个"荷包"。文中一则曰"忽见一个五彩绣春囊"；第七十四回再则曰"从袖里扔出一个香袋来"；又曰"见是十锦春意香袋"等等。实际就是一个绣工精美的五色彩绣、镶十锦丝绦边、带五彩穗子的，专为装香料（当时一般叫香饼子、香面子）的小荷包，不想在大观园就掀起轩然大波来了。但《红楼梦》中有关"荷包"的事，确实是写了这些的。为了说清楚《红楼梦》中的"荷包"，不得不将这些都写全了，才比较圆满。

# 眼镜谈趣

在《元宵·家宴》一文中，曾说曹公在《荣国府元宵开夜宴》中渲染得体，描绘细腻，但也不免有一个小小的漏洞。这"漏洞"是什么呢？是服饰、用具中的一个必需的小物件，那就是"眼镜"。不妨先看原文。在五十三回中先写贾母榻上道：

> 榻上设一个轻巧洋漆描金小几，几上放着茶碗、漱盂、洋巾之类，又有一个眼镜匣子。

接着又写道：

贾母歪在榻上，和众人说笑一回，又取眼镜向戏台上照一回。

试看这两小段文字，有什么奇怪的呢？在上面作者特地写了"一个眼镜匣子"，这在当时是很高贵很摩登的玩艺儿。下面又写"说笑一回，又取眼镜向戏台上照一回"两句，貌似十分生动，却产生小问题了。试想，贾母年纪大了，眼镜匣子所装，自然是老花镜。而老花眼镜却不同于近视眼镜和望远镜，它是起放大的作用，看近不看远的。老花眼是看眼前的东西，细小的东西看不清，而看远处的东西，却比较清楚，如戴上眼镜看远方，甚至稍远一点的人与物，都要模糊了。因而老年人写小字、看小字书、穿针引线，必须戴眼镜，这时马上有一个人过来，便要摘下眼镜看，或把眼镜推下，从眼镜上面去看人了。这是很普通的道理。明白这点，再看曹雪芹写的这句"又取眼镜向戏台上照一回"，不是很滑稽了吗？

为什么说眼镜在当时还是比较高贵的玩艺呢？因

为当时老花眼镜虽然已较普遍，但还不是处处都有，老人可以随便得到的东西，曹雪芹在贾母几上特地写一个眼镜匣子，也正显示了高贵的气派。和曹雪芹同时代的大学者赵翼在《陔余丛考》中有一篇考证眼镜的文章，说明我国古代没有眼镜。到了明代中叶，才有了眼镜。引张靖之《方州杂录》、郎瑛《七修类稿》及《吴匏庵集》诸书。张著云：

> 宣庙（朱瞻基）赐物如钱大者二，形色绝似云母石，而质甚薄，以金相轮廓而纽之，合则为一，歧则为二，如市中等子（按，即戥子）匣，老人目昏不辨细书，张此物加于双目，字明大加倍。近又于孙景章参政处，见一具，试之复然。景章云：以良马易于西域贾胡，其名曰"僾逮"。

又引吕蓝衍记云：

> 明提学潮阳林某始得一具，每目力倦，以之掩目，能辨细书，其来自番舶满加剌国贾胡。名

曰"嗳逮"云。（按，"满加剌"即孟加拉。）

赵翼在这段考证后面总结说：

> 则此物在前明极为贵重，或颁自内府，或购之贾胡，非有力者不能得，今则遍天下矣。盖本来自外洋，皆玻璃所制，后广东人仿其式，以水精（水晶）制成，乃更出其上乜。

贾母所用眼镜，是来自外洋，还是广东人所制，则不得而知了。

曹雪芹小时候，经常看到眼镜，是可以肯定的。其祖父曹寅《楝亭集》中，有首七言古诗，题为《夜饮和培山眼镜歌》，题下注云："时方钞《说字》。"诗一开头，便描写用眼镜云：

> 铜盘磨云光致致，晶莹刻得棘端刺。
> 白头巾箱何所为，便便已饱五经笥。

残年眵泪如撒沙，漫空赤晕生狂花。

琉璃自信眼根见，瑷碟已尚工倕夸。

生人六凿宜藏用，五官首出司明重。

电光一抹宁再来，两眶秋水摇春梦。

追硗寓硊世玩多，蛛丝倒影成罤窠。

堆案还愁束带热，等身其奈操觚何。

　　不知曹雪芹读过这首诗没有？按常情揣想，应该是看过的。可惜他没有仔细理解老花镜的道理，再有他去世早，可能没有用过老花眼镜，因而在写贾母使用老花镜时，便不免出现一个小小的漏洞了。

　　清代眼镜匣子、眼镜盒子之外，尚有制作精美的眼镜荷包，因之把这篇小文排列在"荷包"之后。

▶ 明仇英《南都繁会图》中戴眼镜的人

▼ 马王堆汉墓出土香薰

# 香·熏香·熏笼

　　每读《孔雀东南飞》，读到"红罗覆斗帐，四角垂香囊"两句，总给人一种非常美丽的感觉，同时也感到我国古代生活艺术多么丰富啊！就更使人同情刘兰芝的不幸遭遇了。由《孔雀东南飞》到《红楼梦》，这一千五百多年的悠悠岁月，那样流水般地过去了，而"四角垂香囊"的生活艺术，却这样一代一代地传下来，那样讲究、那样精美。《红楼梦》第十七回：

　　　　说毕，生气回房，将前日宝玉嘱咐他没做完的香袋儿，拿起剪子就铰……宝玉曾见过这香袋，虽未完工，却十分精巧。

"香袋儿"者何？装香饼、香末子的小荷包也；"香囊"者何？装香的小口袋也。《红楼梦》写二百多年前，豪门贵戚的生活，写到"香"的地方是很多的。有的是具体来写，写的真是各种场合用香的具体事物。有的则是情趣地写，不是写香，而是写情。大概情与香是连在一起的，相反自是恨与臭连在一起了。只看《红楼梦》中"因香写情"的艺术描绘。先看第八回：

宝玉此时与宝钗挨肩坐着，只闻一阵阵的香气，不知何味，遂问："姐姐熏的是什么香？我竟没闻过这味儿。"宝钗道："我最怕熏香，好好的衣裳，为什么熏他？"宝玉道："那么着这是什么香呢？"宝钗想了想，说："是了，是我早起吃了冷香丸的香气。"

再看第十九回：

宝玉总没听见这些话，只闻见一股幽气，却从黛玉袖中发出，闻之令人醉魂酥骨。宝玉一把便将黛玉的衣袖拉住，要瞧瞧笼着何物。黛玉笑道："这时候谁带什么香呢？"宝玉笑道："那么着，这香是那里来的？"黛玉道："连我也不知道，想必是柜子里头的香气熏染的，也未可知。"宝玉摇头道："未必，这香的气味奇怪，不是那些香饼子、香球子、香袋儿的香。"黛玉冷笑道："难道我也有什么罗汉、真人给我些奇香不成。"

这两段以香写情，以情喻香，妩媚万分，是作者精心设计，巧妙安排，前后对照呼应，取得极大的艺术成功。我这里只要说点具体的，那一点点的、一缕缕的、一股股的"香"，这都是些什么？又如何用？为什么用呢？

在宝钗和黛玉的话中，都提到一个字，就是"熏"，熏就是熏香。熏者，熏染也、熏陶也。香而用"熏"字作动词。宋洪刍《香谱》"熏香法"云：

凡熏衣，以沸汤一大瓯，置熏笼下，以所熏

衣覆之，令润气通彻，贵香入衣难散也。然后于汤炉中，烧香饼子一枚，以灰盖，或用薄银碟子尤妙。置香在上熏之，常令烟得所。熏讫叠衣，隔宿衣之，数日不散。

《香谱》中"熏香法"说得很具体。工艺过程用蒸气原理，很有科学性。但《红楼梦》中衣服熏香是否就是这样熏呢？不见得。宝钗说："我最怕熏香，好好的衣裳，为什么熏他。"这话中所说"熏衣"，可能是《香谱》所说熏法，也可能另用他法，不得而知。而黛玉说："想必是柜子里头的香气熏染的。"显然这不是用《香谱》的方法了，而是把香放在柜子中，让香把香味熏染在衣服上。宝玉说："不是那些香饼子、香球子、香袋儿的香。"这也说明在衣柜中把衣服熏染上香味的，是香饼子、香球子、香袋儿等等。这明显就不是把香放在炉中去烧，而是让其自然慢慢地把香味挥发出来，熏染到衣服上，物品上。现在人们皮衣、毛衣等等，还要放樟脑丸防蛀。其实樟脑也就是香料的一种。老式收藏皮毛衣服，没有现代的那种化学化合剂樟脑丸，都用天然樟脑。就是樟木切片，以井水浸三日夜，入锅煎煮，柳木搅拌，白霜沾在柳木上。将煮去汁过滤，倒入瓦盆内，经宿，自然结成块儿，这就是天然樟脑。过去韶州、漳州都有出产。旧时收衣服时，把樟脑块敲碎，包在小纸包中，一一夹在衣服袖内、领内、衣襟内，让气味散发在衣服中。隔些日子，打开箱柜，衣服全是樟脑香味，再看纸包内的樟脑，则全不见了，已经挥发光了。什么香饼儿、香球儿、香袋儿，也是这样放法，自然把衣服就熏染上香气了。唐人诗云："斜倚熏笼坐到明。"这熏笼主要是旧时高贵的炽兽炭取暖之具。炭中自可加香同炽。什么样子呢？镂空的木箱笼，四壁及上面玲珑剔透，可以雕镂出非常漂亮的花纹。把炽炭的火盆放在其中，木炭无烟，燃烧的又缓慢，所谓"慢腾腾地暖烘烘"，是昔时考究的长物。第五十二回写潇湘馆各景道：

　　宝玉听了，转步也便和他往潇湘馆来。不但宝钗姐妹在此，且连岫烟也在那里。四人团坐熏笼上叙家常。紫鹃倒坐在暖阁里，临窗户做针线。

一见他来，都笑说："又来了一个！没有你的坐处了。"宝玉笑道："好一幅冬闺集艳图！可惜我迟来了！横竖这屋子比各屋子暖，这椅子坐着并不冷。"说着，便坐在黛玉常坐的地方——上搭着灰鼠椅搭一张椅上。

这里可以明确了解"熏笼"，是冬日取暖，类似火炕的用具，上可坐人，而且坐四人，再多就不能坐了。似乎放在当地。倒坐在暖阁中临窗，那"熏笼"放处，自不临窗。凡此种种，读者都可想见。热源呢？就是放在笼中的炭盆。此物在大观园中，自然各处都有，第五十一回所写："晴雯只在熏笼上围坐，麝月笑道："你今儿别装小姐了……晴雯'嗤'了一声，笑道：'人家才坐暖和了，你就来闹。'"所写娇态如画，也是用"熏笼"渲染。后面麝月又说："咱们那熏笼上又暖和，比不得那屋里炕凉……"可见怡红院的"熏笼"，还是可以睡觉的，当晚"晴雯自在熏笼上，麝月便在暖阁外边"睡了。故事后来叙述，晴雯蹑手蹑脚下了"熏笼"吓唬麝月，结果受凉了。而麝月后来：

说着又将火盆上的铜罩揭起，拿炭锹重将熟炭埋了一埋，拈了两块"速香"放上，仍旧罩了。至屏后，重剔了灯，方才睡下。

这里第一，火盆放在何处呢？实际就是熏笼下的火盆。第二，"速香"为何物呢？就是沉香木的不沉者，正名"黄熟香"，据《本草纲目》所载，交州称为"蜜香"，梵语称"阿迦㢚"香。当年普遍用香，因其普通而又易燃，故讹称"速香"了。但"两块速香"，并非两块硬梆梆的"速香木"，而是做成的速香块。即将黄熟香木料剉成粉末，加粘合剂拌成糊状，如通过多孔漏斗压成线条，干后便是线香，在块状模子中倾压，干后便成块状。虽是一块，但是粉末制成，与炭火一接触，便十分易燃。不但有香味散出，而且炭火也因之助燃，便更旺了。因此房中温度升高，"晴雯因方才一冷，如今又一暖，不觉打了两个嚏喷"。这与"熏笼""火盆""速香"都是联系在一起的。

所以"熏笼"下炭火中自可加香，但主要是取暖的。如用"熏衣"，自然也可以。但这不是主要的。

所说"两块速香"，以及前面所说"香饼子""香球子"等等，其做法大体都是一样的，都是把香的原料剉成细末，加其他配料制成；都是燃烧之后闻它的香味，少数的是不燃烧闻香的。如在香袋子中，挂在柜中，佩在身上，另外用粉状物傅身，擦脸，或用水状物洒衣洒身，如现代之香粉、香水等，自然也有。但指"香"的本身说，大多是焚烧的。洪刍《香谱》载有种种制香法，如造香饼子云：

> 软灰三斤，蜀葵叶或花一斤半，贵其粘。同捣，令匀细如末可丸。更入薄糊少许，每如弹子大，擀作饼子暵（即"晒"字）干，贮瓷瓶内，逐旋烧用。如无葵，则以炭中半入红花滓同捣。用薄糊和之，亦可。

另造香球子云（《香谱》又名球子香）：

艾蒳一两，松树上青衣是也。酸枣一升，入水少许，研取汁一碗，日煎成膏用。丁香、檀香、茅香、香附子、白芷，五味各半两。草豆蔻一枚，去皮。龙脑少许另研。右除龙脑另研外，都捣罗，以枣膏与熟蜜合和得中，入白杵，令不粘杵即止。丸如梧桐子大，每烧一丸，欲尽，其烟直上，如一球子，移时不散。

**再有"梅花香"法云：**

甘松、零陵香各一两，檀香、茴香各半两，丁香一百枚，龙脑少许别研。右为细末，炼蜜令合和之，干湿得中用。

以上三种，前二种都是焚烧的。后一种则如何使用呢？"干湿得中用"，即不过干，也不过湿，但是蜜和的，蜜是长期保持湿润的调和剂，中医丸药，大多以蜜调丸。似乎这"梅花香"是很难点燃的了。《红楼梦》第十九回，写宝玉到了袭人家里，袭人服侍宝玉云：

又用自己的脚炉垫了脚，向荷包内取出两个梅花香饼儿来，又将自己的手炉掀开焚上，仍盖好，放在宝玉怀里。

这里所说"梅花香饼儿"，恐怕不是"蜜和"的了，只不过是印成梅花状的香饼子。

香的种类很多，第四十三回宝玉出城为金钏儿焚香，路上问焙茗："这里可有卖香的?"焙茗问不知哪一样？"宝玉想到别的香不好，须得檀、芸、降三样。"后面又说："有两星沉速。"这"檀、芸、降、沉、速"都是香的名字。第四十一回刘姥姥在怡红院睡了，袭人推醒她，不叫她说话，"忙将当地大鼎内贮了三四把百合香"。第二十七回黛玉吩咐紫鹃，"烧了香，就把炉罩上"。第五十三回除夕贾母正坐中间，"当地火盆内焚着松柏香、百合香"。同回庆元宵写道："几上设炉瓶三事，焚着御赐百合宫香。"以上所举"松柏香""百合香"也是香的名字。但与上面所说概念不同，这两种概念也不同。一是以制造原料松、柏二木命名，一是多种杂合而得名。以上所举，名字已够多了，实际从香的种类来说，还是极少的。《香谱》所载：有"龙脑香、麝香、沉水香、白檀香、苏合香、安息香、郁金香、鸡舌香、熏陆蜜、詹糖香、丁香、波律香、乳香、青桂香、鸡骨香、木香、降真香、艾蒳香、甘松香、零陵香、茅香花、馣香、水盘香、白眼香、叶子香、雀头香、芸香、兰香、芳香、茇香（俗名马蹄香）、蕙香、白胶香、都梁香、甲香、白茅香、必栗香、兜纳香、藒草香、兜娄香、耕香、木蜜香、迷迭香"等四十三种。以之对照李时珍《本草纲目》所载，还不全。因为香的原料，植物中木、花、草、果，分泌物都有。另有动物、矿物，也是种类繁多。《香谱》所载，自然也有不少漏掉的。如著名的珍贵香料"龙涎香"，就未列入。《宋史·礼志》记载："绍兴七年，三佛齐国进贡南珠、象齿、龙涎、珊瑚、琉璃、香药。"（按，"三佛齐"南洋古国名，明初为爪哇所并）"龙涎香"是过去香类中最贵重的香。《稗史汇编》中说："诸香中龙涎最贵，出大食国。"过去传说"龙涎香"是"龙的口涎"，这自然是荒诞的说法，因为出产在南洋岛国，国内不知道。现在人们知道，"龙涎香"就是抹香鲸肠内的分泌物。自然，如今国际市场上，这种香料也是非常珍贵的。

宝玉说的檀、芸、降三种，"檀"是檀香木。李时珍谓"叶皆似荔枝，皮青色而滑泽"。皮实而色黄者为黄檀，皮洁而色白者为白檀，皮腐而色紫者为紫檀。其木并坚重清香，白檀最好。一说黄檀最香。现在人们还广泛使用，以之提取香料，制作扇子等工艺品。"芸"是芸草，芸草茎是草质，根是木质，花叶都有香味，因其根为木质，又名"芸香树"，这种"香"在南北朝时就已广泛使用。梁简文帝萧纲《大法颂》云："芸香馥兰，绿字摘章。"当时礼佛已经焚芸香了。"降"是降香木，又名紫藤香、鸡骨香。其香似苏方木。烧之初不甚香，得诸香和之就特别香了。周达观《真腊记》谓"降香生丛林中，番人颇费砍斫之功，乃树心也。其外白皮，厚八九寸"。另外宝玉荷包中的"两星沉速"，那是沉香和速香，前面已解释过，不再多赘。所谓"两星"，是指少量，即"二钱"，因戥子称物，一星一钱。故旧时称白银等货币及其他贵重物品，少量均以"星"计，如两星、数星等等。

所谓"香"，是指用各种制香原料制成的线香、高香（线香中之长而粗者）、散香（碎的粉状香末子），以及香饼、香球等等的总称。散香不少是混合制成的。道家书《仙传》记云：

> 拌合诸香，烧烟直上，感引鹤降。醮星辰，此香第一。度篆之功力极验，降真之名以此。

降香又名"降真香"，李时珍《本草纲目》引此语给读者解释。也可看出，不少香在实际使用时，是"拌合"在一起的。前引各回书中所说"松柏香""百合香""御赐百合宫香"等等，都是混合的。"松柏"是松香、柏枝混合的，是比较普通的。"百合"一般是檀、降、沉等五六种比较高级的香料混合而成。其实旧时做成的香，大多是各种香料配制而成，很少独用。此是来源于道家的讲求，古诗云"百合裹衣香"，

"博山炉中百合香，郁金苏合与都梁"，原是古已有之的。"御赐""宫香"等等，是宫中特制的。制香的木料，大多出自云、贵、两广及南洋，清嘉庆时张海鹏跋《香谱》文云：

> 古者萧灌郁，焚椒佩兰，所谓香者，如是而已。汉世始通南粤，《西京杂记》有丁缓作被中香炉；《汉武内传》载西王母降，爇婴香，自是而后，殊方外域多贡奇香。闽越商舶，往来岛国，香之珍异日繁。而和合、窨造之法日盛。

简单地说了我国从古以来，用香的演变。正如跋中所说，在明清两代中，不少香的原料都是进口的。大多来自南越及南洋一带。明代王世贞《凤洲杂录》引《明会典》"番货价值表"，其中不少都是香料。如"丁香每斤一贯、速香每斤二贯、木香每两三贯、乳香每斤五贯、沉香每斤三贯、黄速香每斤一贯、龙涎香每斤三贯，降真香每斤五百文、安息香每斤五百文"等等。不但可以知道这些香大多都是进口的，而且可以从价格上比较，知道哪些香是贵重的，哪些是一般的。

　　文震亨《长物志》云："芸香，短束出周府者佳，然仅以备种类，不堪用也。"可见"芸香"，也是普通的香。宝玉说要檀、芸、降三种，实际也是贵戚豪门日常用香之一般者。看上文所列，降真香每斤不过五百文，而沉香每斤则要三贯，速香则每斤二贯，价格比芸、降等香贵多了。因此宝玉的小荷包中，有两星沉、速，是佩在身边闻香避邪气的，如现在之人洒香水，自比一般焚烧的香贵重多了。

# 宝玉的学问

有的人问：《红楼梦》中贾宝玉年纪轻轻为什么有那么大的学问？这就很难"要言不繁"，三两句话说清楚了。

为了介绍方便，不妨再把这一问题化成若干小问题：一、看看宝玉究竟有哪些学问；二、这样年青，有这些学问可能吗？三、他受到哪些教育？当时教育手段可以达到这种效果吗？

谈到贾宝玉究竟有哪些学问，在《红楼梦》中着重表现贾宝玉学问的回目，首先是第十七回《大观园试才题对额》，其次是第十八回《天伦乐宝玉呈才藻》，再其次是三十七回、三十八回"海棠社""菊花诗"等等。还有第七十八回写《姽婳词杜撰芙蓉诔》。另外有一处不大为人注意的，就是第七十三回开头一大段，小鹊儿跑来告诉宝玉，赵姨娘在贾政面前说他，他怕贾政盘考，心中算计自己读熟的书，说得非常具体。

在第十七回写道：

> 贾政近来闻得代儒称赞他专能对对，虽不喜读书，却有些歪才，所以此时便命他跟入园中，意欲试他一试。

这次是贾政有意当着众门客，考一考宝玉。宝玉在这次"现场口试"中，果然大显学问和才华。其表现在三点上，一是见解，二是学识，三是才气。

见解在当时有两种不足取的，一种是"迂而腐"，一是"浅而粗"，用现代话说，似乎前一种接近教条主义，后一种近似主观主义。而珍贵的见解是什么呢？用旧时的话说，就是"达人之见"或"通人之见"，就是"达而通"。什么地方显示见解呢？就是"议论"。书中写道：

> 贾政道："他未曾做，先要议论人家的好歹，可见是个轻薄东西。"众客道："议论的是，也无奈他何。"贾政忙道："休如此纵了他。"因说道："今日任你狂为乱道，等说出议论来，方许你做。方才众人说的，可有使得的没有。"

作者描绘宝玉形象，细写其才华，不是像一般说部，写才子如何七步成诗，出口成章等等，简单地抄几首诗上去——过去这种小说很多，著名的《花月痕》就犯这个毛病——即使好诗，读了也味同嚼蜡，因为这不是书中人物的作品，是硬加上去的。而《红楼梦》写宝玉才华，首先重在写他的见解、议论，特地用贾政与门客的话来把这一点点明。

宝玉在题对额时，每一处都有其独特的见解，或论词翰，或谈草木，或述礼制，或引诗骚，不唯见其学问渊博，亦更见其说理通达，思路周密。如贾政等人初拟沁芳亭之名为"泻玉"，而宝玉则云：

况此处既为省亲别墅，亦当依应制之体，用此等字，亦似粗陋不雅。

这种封建时代最起码的见识，贾政等人都脑筋迟钝，还要宝玉说清楚，自可见其思路之敏锐、周密、通达了。

但这还只是就事论事的见识，还未深入到政治和哲理的态度上去。后面在稻香村谈"自然"的那一段话，那就深刻多了。文云：

却又来！此处置一田庄，分明是人力造作成的；远无邻村，近不负郭，背山无脉，临水无源，高无隐寺之塔，下无通市之桥，峭然孤出，似非大观，那及前数处有自然之理、自然之趣呢？虽种竹引泉，亦不伤穿凿。古人云"天然图画"四字，正恐非其地而强为其地，非其山而强为其山，即百般精巧，终不相宜。

如果说前面发表的意见还只是就事论事的通达之言，那么上面这段话，就是借题发挥的抨击"假、恶、丑"，阐明"真、善、美"艺术哲理的宣言了。前者以贾政之迂腐迟钝，尚能理解；后者则无法领会，真如对牛弹琴，贾政只能"气的喝命"，不可理喻了。

曹雪芹这样写，一写宝玉之性情行为，"偏僻乖张"，不为世人理解，便"那管世人诽谤"了。二是借题发挥，直抒胸臆。写宝玉胸臆，也就是抒作者胸臆。斥社会上的种种矫揉造作、假模假式，言论之锋芒，是直指封建社会的。这段话很少人注意到其深刻意义。这与封建社会宫殿建筑制度有关。

大观园为什么要修个田舍风格的稻香村呢？难道单纯是为了点缀风景吗？不是的，大观园筹建之初名"省亲别院"，就是皇家的离宫别院，是按皇家的体制修建的。按皇家体制：离宫别院的苑囿，必须有重视农桑的风景点缀，以便皇帝亲耕、观稼，后妃亲理蚕桑缫织，这是一种仪式，历代皇家苑囿，包括清代的圆明园、颐和园，都充分体现了这种风格。这自然是十分矫揉穿凿的虚伪表现。宝玉对之提出异议，便充分表现其不同流俗，甚或敢于直刺皇家虚伪面目的见解了。

在写他的见解的同时，也从他的见解中，写了他的学问。在蘅芜院引《离骚》《文选》《吴都赋》《蜀都赋》等文献辨认芳草，是使众人吃惊，贾政无知之徒感到难以为堪的，所以又"喝道：谁问你来？"

宝玉这方面的渊博的学问，在当时称之为"词章"、称之为"《选》学"。在这回书中，宝玉的见解、宝玉的作品、宝玉在谈论中征引文献，都充分说明宝玉的学问在"词章"方面，造诣是很深的。这在当时，对那些只懂得念《四书备旨》、高头讲章的人说来，既是无法理解，也是认为不值得一提，甚或不务正业、离经叛道的。因为考试要考八股文、试帖诗，只讲"《选》学""词章"，不能考中举人、进士，不能做官。

所以《儒林外史》中马二先生直率地斥之为"杂学"、斥之为"不中用的举业"。所以贾政认为宝玉"虽不喜读书，却有些歪才"。这话今天一般读者就很难理解了，感到宝玉不喜读书，怎么有那么大的学问呢？难道只靠"歪才"吗？岂不知在当时这个"读书"的涵义，是有种种不同解释的。世俗的"读书"，是指读为考秀才、举人、进士作准备用的"书"，这就是"四书""五经"，以及各种"墨卷"，即选的有名的八股文和试帖诗，这是贾政等人认为的"书"，是不包括《离骚》《文选》等的，当然更不包括《西厢》一类的名著了。因为看那种书是"精神污染"。而宝玉专门看那种"书"，而不看这种"书"。所以宝玉一方面有学问（词章、《选》学之类是不中用的学问，等于没有），一方面又不喜读书；一方面有高超的文艺见解和作品，一方面却又是"歪才"。当然，那时社会上也并不是完全否定这种学问和"歪才"，而是有两种看法：一种是专讲"四书""五经"高头讲章八股文的迂腐之徒，他们根本不懂这种学问，也不承认这种学问，而予以彻底否定，这是道学派，或者连道学都不如的"学究派"、腐儒派。另一种是先读"四书"、"五经"、高头讲章、八股文，揣摩"举业"，考中举人、进士之后，再丢开八股文（俗语叫作"敲门砖"），然后再讲经史、词章、文字、金石、考据、训诂、掌故，甚至更专门的《公羊》《穀梁》，什么西北地理、音韵版本等等学问，这叫作学问派。《红楼梦》时代不少大学问家都是经这个途径达到的。这一派人纵使不讲究词章、《选》学，但他不否定这门学问，而是承认它，甚至羡慕它。这似乎是所谓"行有余力，则以学文"的"圣门"主张。贾政虽非两榜出身，也不学无术，有时却也以此标榜。

以上所说，就是对于宝玉有学问，却又是有名的不"读书"，又被认为有些"歪才"的说明。不了解当时历史情况，不理解这种风气，就无法理解贾政的话和宝玉的"不读书"而又有学问。

当然，讲八股文也好，诗词歌赋、词章之学也好，"《选》学"也好，以及《老子》、《庄子》、禅理等学问，都有一个共同的先决条件，那就是一定的文化知识基础。不然，那就一样也不行。既谈不到什么当时所谓的"圣贤之学"、八股文举业，也谈不到什么词章等等杂学。那么宝玉以什么样的文化知识基础去读《离骚》、《文选》、《南华经》（即《庄子》）、《西厢记》，治词章之学呢？

这可以从书中看看宝玉获得文化知识、打下这样基础的过程。

其一是第十八回所写：

> 那宝玉未入学之先，三四岁时，已得元妃口传教授了几本书，识了数千字在腹中。

其二是第七回宝玉对秦钟说道：

> 我因上年业师回家去了，也现荒废着。家父之意，亦欲暂送我去，且温习着旧书，待明年业师上来，再各自在家读书。

其三是第九回贾政和李贵的对话：

又回说："哥儿已经念到第三本《诗经》，什么悠悠鹿鸣，荷叶浮萍（原文是食野之苹。作者故意如此写，刻画李贵没有读过书的形象），小的不敢撒谎。"说的满坐哄然大笑起来，贾政也撑不住笑了。因说道："那怕再念三十本《诗经》，也是掩耳盗铃，哄人而已。你去请学里太爷的安，就说我说的，什么《诗经》、古文，一概不用虚应故事，只是先把'四书'一齐讲明背熟，是最要紧的。"

从以上所引三则中，可以了解到宝玉获得文化基础知识的程序，一是启蒙识字教育，元春口授几本书，识了几千字。几本书是什么书呢？没有说明，但可以想见，是便于诵读的启蒙读物，容易上口、容易读、容易记、容易默诵。一般是《三字经》《千字文》《神童诗》《千家诗》《幼学琼林》等等。当时口授启蒙教育，以读小书、有韵律的短句，来完成识字教育。《三字经》每句三字，《千字文》每句四字，句子整齐，且有韵，"人之初，性本善；性相近，习相远……"善、远二字押韵。"寒来暑往，秋收冬藏；云腾致雨，露结为霜……"藏、霜二字押韵。剩下几种，不是五个字对句，就是七个字对句，都很整齐易读。聪明小孩，像唱儿歌一样，很快就读熟了。一两个月就读熟一本，反复诵读、默读、背诵，这样再练习写，就能认识许多字。三岁、四岁两年中，天分很高的儿童，自然能认识两三千字了，文中说"几千"，那虽是不定数，但总是三千以上了。

▼ 稻香村李纨课子图
（《红楼梦赋图册》）

有了这样的启蒙基础，再入塾中读书。宝玉向秦钟说"上年业师回家去了"，"业师"就是授业的老师，是专门请来教宝玉读书的家庭教师。当时叫作"教家馆"。尊称"西席"，或"西席老夫子"（古礼以西为尊，《大戴礼》"王行西折而南，东面而立。师尚父西面"）。这种塾叫"家塾"，俗称"书房"。宝玉过去既有"业师"，可见他幼年一直是在家塾中，在先生的教读下读书的。几岁入学的呢？三四岁元春口授启蒙，那么入塾之年，便是五六岁了，宝玉会见秦钟时几岁呢？算是十三岁左右，那"业师上年回家"，这样宝玉也连续读了六七年书。这六七年中又读什么书呢？当时的教材都是一律的。其步骤是启蒙教育，读前面说的《三字经》等小书，文化教育读"四书"、"五经"、《唐诗合解》等。为考试作准备，也叫为"举业"作准备，要读"时文"（即"八股文"）。其中第二、三两项又是有连带关系的。在识字、读书的同时，一要学写字，二要对对子，为作试帖诗作准备，三要学作八股文。在启蒙教育完成，第二阶段读书之前期，如因经济关系，或天分实在太差，不能继续读，则可辍学，改做其他，如务农，或去学徒学手艺，或去学做买卖等。

宝玉与秦钟同入义塾时，读第三本《诗经》，贾政说"什么《诗经》、古文，一概不用虚应故事，只是先把'四书'一齐讲明背熟，是最要紧的"等等。

从贾政的话中可以看出：宝玉在从业师读书的几年中，最少已读完了"四书"、《诗经》前两本，及部分古文。"四书"是指《大学》、《中庸》、《论语》上下、《孟子》上下，"古文"是指唐宋文，当时是有特定涵义，是与"时文"八股相对而言的。

当时读"四书"极为重要，不只是学文化，更重要的是为科举考试作准备。读"五经"（包括《诗经》、《书经》〔即《尚书》〕、《易经》、《礼记》、《春秋》）也是既学文化，又为科举考试作准备。读古文，是在学文化之外，学一点唐宋文（韩愈之后的文章）的气势，运用到八股文中去，使八股文能写得更开阔，更有波澜。而这三者之中，"四书"则是第一重要的。因为明清以来科举考试，由府考考秀才、省考考举人、京试考进士。

每种考试先要考"四书"文，即八股文。八股文为什么叫"'四书'文"呢？因规定题目都出"四书"中的句子。参加这种考试，第一步最重要的就是把"四书"要反反复复背诵的滚瓜烂熟，不但能提那句背那句，而且要能拆开来背诵、跳跃着隔句背诵……总之，要熟到无以复加的地步，才能应付这种考试。府、省、京三级考试，第一级只考"四书"文，考举人、进士，在"四书"文之外，才着重考"五经"。所以贾政特地讲了这番话，要先把"四书"讲明背熟。

还有一点，就是儿童进家塾读书，开头是只读不讲，要初步读完、通本能背熟了，从头再读第二遍，然后由教师讲解，这就逐渐要学作八股文了。不了解这些顺序，也难以理解贾政所说的这些话。

"四书"中据前人考证统计，共四千四百六十六个不同的字。上下《论语》字数是一万二千七百，上下《孟子》字数是三万四千六百多，再加《大学》《中庸》，总字数不过五万多字。一般智慧，平均每天读三百字，不到一年，一部"四书"就读得滚瓜烂熟了。

这样读熟一部"四书"，就清楚明确地认识了四五千字。而且有的平声转读去声，如"知之为知之，不知为不知，是知也"。最后一个"知"字读去声，作"智"，读时在字的右上角画个圆圈，这样儿童在读书识字的同时，连四声也能区别了。把"四书"五万多字背熟，聪明一点的儿童，即使没有人给他讲，所谓"书读百遍，其义自见"，熟能生巧，自然他都能理解了。能理解这些深奥的文句，便也具备了阅读其他书籍的能力，便也具备了表达的能力。宝玉是个绝顶聪明的人，第五回说他"天分高明、性情颖慧"，当是像这样早慧、早熟的儿童。在启蒙之后，又熟读一部"四书"，那看书、写文的能力，便已充分具备了，何况他在"四书"之外，还读过若干篇古文，不少首唐诗（当时也是附带必读的），以及三本不到《诗经》，这样他的文化基础就更深厚，再加其秉赋，其性情爱好，这样他博览群书，如《楚辞》（包括《离骚》）、《文选》、《庄子》、《西厢》，他的知识自然渊博，议论自然高超，诗赋自然当行，文笔自然非凡，这就是贾政说的宝玉的"歪才"了。

宝钗过十五岁整生日，宝玉或小一岁，或小半岁，往前推算，与秦钟同到塾中读书，算是前二年的事，则是十三岁。如六岁进塾读书，到此时已读了六七年书，加上元妃口授二年，这时宝玉连续读书应已八九年之谱。以其对对子、作诗的水平看，是符合当时这种水平的。但以李贵所说只读到第三本《诗经》来看，似乎又过少了。因为当时读书，"四书"之后，便读《诗经》，以中人之资，一年半读一部，在九岁便可读完《诗经》，哪里会十三岁才读第三本《诗经》"悠悠鹿鸣"呢？这段文章写得十分生动，但从历史的真实来说，却存在着一个十分明显的疑问。

当时一般读书，十三岁时，大体都已读完"四书""五经"，学会作八股文，可以进场参加府考，去考秀才了。聪明的小孩，读的书还要多些。可能还多读《尔雅》《公羊》《穀梁》等传。据周遐寿《鲁迅的故家》记载：鲁迅先生在三味书屋读书，就是在读完"四书""五经"之后，又多读了一部《周礼》和一部《尔雅》，这就是"七经"了。《林则徐集·日记》道光十八年（公元一八三八）闰四月十五日记云：

> 下午宴西席刘、王二君，适孝感李生维壎来，
> 即留席。李年甫十三，此次默"十一经"入学，
> 日前招来面试，聪颖异常，因令其移榻来署肄业，
> 今日盖应召而来也。遂移书馆于东院新建亦南楼
> 之下。

这就是一个真实的例子，比宝玉读书多的多了。
"默'十一经'入学"，就是在府试考秀才时，在学台
大人（考试官）面前，把十一种"经"书，背诵一遍；
或是提哪里就背诵哪里，非常熟，这样不必作文，即
取中他作秀才。这在当时府考时，考试官遇到年纪幼
小的考生，常常用这种背书的方法来考，一般能通背
"五经"，就有被取中的希望。何况他能默"十一经"
呢？自然被取中为秀才，也叫"入学"或"进学"。当
时林则徐是湖广总督，驻武昌，特别喜欢这个小孩聪
明，请客让他入席，留他在署读书，用现在的话说：
就是"重点培养"了。这个年龄，正好同宝玉和秦钟

▶ 海棠结社（《红楼梦赋图册》）

▼ 凹晶馆月夜联句（《红楼梦赋图册》）

入塾时年龄相仿，所以从历史的真实来说，宝玉有那样的学问，并不希奇。而说宝玉当时只念第三本《诗经》，则未免太低了。当然小说家言，不能完全用历史的真实去套。《红楼梦》中类似这种存在疑问的小矛盾原是很多的。不妨看第七十三回所写：

如今打算打算，肚子里现可背诵的，不过只有《学》、《庸》、"二论"还背得出来。至上本《孟子》，就有一半是夹生的，若凭空提一句，断不能背；至下《孟子》，就有一大半生的。算起"五经"来，因近来做诗，常把"五经"集些，虽不甚熟，还可塞责。别的虽不记得，素日贾政幸未叫读的，纵不知，也还不妨。至于古文，这是那几年所读过的几篇《左传》、《国策》、《公羊》、《穀梁》、汉、唐等文，这几年未曾读得，不过一时之兴，随看随忘，未曾下过苦功，如何记得？这是更难塞责的。更有时文八股一道，因平素深恶，说这原非圣贤之制撰，焉能阐发圣贤之奥，不过是后人饵名钓禄之阶。虽贾政当日起身，选了百十篇命他读的，不过是后人的时文，偶见其中一二股内，或承起之中，有作的精致——或流荡、或游戏、或悲感，稍能动性者，偶尔一读，不过供一时之兴趣……一夜之工，亦不能全然温习。

这一大段，较为全面地介绍了宝玉读书的情况、文化程度概况。大体可分三方面，即一是非常熟的，二是半生不熟的，三是不愿意读，非常不熟的。当时熟的标准，就是"凭空提一句"，很熟地把下文全背出来。在未考中"功名"之前，不管多大岁数，都要反复诵读"四书"、"五经"、古文、八股文、试帖诗，这是天天的功课，《儒林外史》范进中举、会进士之前，尽管胡子白了，也还要反复读这些，一点也不能丢生。宝玉自己思量"下《孟子》，就有一半是夹生的"，这就是平时没有经常温书。把过去背熟的书再一遍一遍地逐日读，逐日背，以保证永远烂熟胸中，这就是"读书"的概念。宝玉没有能做到这点，所以贾政说宝玉"不爱读书"。因为在当时"读书"和"看书"的概念，分得是很清楚的。"读"是要念出声来，要背熟，要在考试时发挥作用；"看"是观、是阅，只用眼看，不出声，这不算"读书"。所以宝玉二十一回看《南华经》，二十三回看《西厢记》，都不算读书，只是看闲书、看杂书。

这段叙述明确地告诉读者，宝玉读过这些书，即是在业师的教导之下读的，虽然有的"夹生"，有的"一大半生"，有的"虽不甚熟，还可塞责"，有的是"那几年"读过，"这几年未曾读的"，有的是他"平素深恶""命他读""偶尔一读"等等，但总的说所举"四书"、"五经"、古文等等，他那几年都是读过的，所谓"读"，就是背诵过的。只是有的记的牢固，有的经常翻阅，也不太生，有的则丢生了等等。这样来解释宝玉的功课情况、知识程度、文化水平是较合理的。

写到此处，可以基本上回答"宝玉为什么有那么大学问了"。即他在幼年和少年时代，已经读过"四书"、"五经"、部分古文，这些大部分都是先秦的东西，是中国旧文化的基础，掌握了这个基础，他就具备了阅读中国一切书籍，研究中国各种学问的基础。他厌恶世俗的追求利禄的玩艺，如八股文、试帖诗之类的东西，因而思想上也厌恶假道学的一套。他性爱纯真的文艺，他以前面所说的那个文化基础——这个基础是很坚固、深奥的——再博览群书，他读过《楚辞》、《文选》、唐诗、宋词，还看《南华经》《西厢记》等等，把中国古籍中的名著差不多都阅读过了。这样他自然有了"那么大的学问"，这就不奇怪了。

在宝玉时代，或者说在《红楼梦》时代，像宝玉那么大年纪，有他那样的文化基础，有他那么大的学问的人，并不是奇事，而是数见不鲜的。除前面说到的林则徐《日记》中记的孝感李维墉十三岁默"十一经"入学外，不妨再举一个知名人物的例子。手头正有黄云眉先生编著《邵二云先生年谱》，不妨摘引几句：

　　　乾隆十九年、甲戌、一七五四，先生十二岁。
　　先生时有神童之目。会县试，知县李化楠呼至案前，命背"五经"，一字不失。复试以诗，有"小鸟解依人"句，语本《说文》。化楠深器之，谓藉安先生曰："此君家千里驹也。"

邵二云名晋涵，浙江余姚人，是乾嘉学人中著名的史学家。基本和曹雪芹同时代，生卒年略后数十年。看他十二岁时，便能背诵"五经"，一字不失，这不是比宝玉那么"夹生""塞责"等要高明多了吗？何况他的诗"小鸟解依人"，貌似寻常，却能用《说文》的典故，而宝玉在作诗时，连"绿蜡"都忘记掉了，比起邵二云小时候来，那就差多了。所以宝钗笑他说："将来金殿对策，你大约连'赵钱孙李'也忘了呢！"宝玉比起当时同样年龄的读书种子来，是差着不少呢。不把宝玉写成"神"而写成"人"，这是《红楼梦》的可贵处。

# 黛玉教诗

《红楼梦》第四十八回黛玉教诗的片段，真可以说是眉目传神，深得其中三昧的文字。先请看黛玉对香菱说的一段话：

> 什么难事，也值得去学，不过是起承转合，当中承转是两副对子，平声对仄声，虚的对实（虚）的，实的对虚（实）的。若是果有了奇句，连平仄虚实不对都使的。（按，虚实二句，应该是虚对虚、实对实，是历来的版本错误，这点俞平伯先生已早有说明。）

没有几句话，就把律诗的要点全部说清楚，可以够得上简明扼要了。第一是律诗的基本格律要遵守，第二是特殊情况，不为格律所束缚。起、承、转、合、平仄、对仗、用韵，这是律诗的基本形式，先要讲明这点，不讲明这点，便不成为律诗了。但是只讲这点，还不够，还要第二点："若是果有了奇句，连平仄虚实不对都使的。"这就既讲清基本格律又指出了特殊情况，就比较全面了。第一点基本格律是容易理解的，虽然掌握它也不那么简单。但是究竟比较具体，只要花点工夫，就不难弄通。问题是第二点，口气是假设的，而且要奇句。"奇句"就可以不受格律的限制，这就比较抽象。首先什么是"奇句"？其次是若是没有"奇句"怎么办？再有我说是"奇句"，你说不是"奇句"，各执一词难定标准，纠缠起来，就更说不清楚，甚至可以把第一点所说的格律全部推翻了。

为了说明问题，不妨先举个"奇句"的例子：唐代崔颢的《黄鹤楼》诗，名气是很大的，是连号称"诗仙"的李太白看了都为之搁笔的。这首诗中间两联就都不对，或者说对的就不那么工稳。这首诗第二联"黄鹤一去不复返，白云千载空悠悠"，字面上只是前四字对，后三字就不对。第三联"晴川历历汉阳树，芳草萋萋鹦鹉洲"，表面上是对的，细分析起来，也有问题。对这首脍炙人口的名诗，历代真不知有多少人评论过，这里引两段针锋相对的话对照着来看看：

明人王鏊在《震泽长语》中写道：

> 唐人虽为律诗，犹以韵胜，不以饾饤为工。如崔颢《黄鹤楼》诗："鹦鹉洲"对"汉阳树"……气格超然，不为律所缚，固自有余味也。后世取青媲白，区区以对偶为工，"鹦鹉洲"必对"鸬鹚堰"，"白鹭洲"必对"黄牛峡"，字虽切而意味索然矣。

王鏊是主张不为律所缚，要以韵为胜，以气格超然为胜的。基本上同黛玉的主张是一致的。相反再看看清人刘继庄《广阳杂记》中的一段话，这段话是记录他朋友钱慎庵的：

六之"鹦鹉洲"，乃现成语；"汉阳树"则扭捏成对耳。且"芳草萋萋"亦属现成，而"晴川历历"则何所本？且"历历汉阳树"截以成句，而"萋萋鹦鹉洲"成何文理？古乐府云："天上何所有，历历种白榆。"是"历历"字贯下"树"字，而"萋萋"字则连上"芳草"字矣。律本二对，今上四句皆不对矣，而五六又草率如此，太白搁笔，而千古更无异辞，实不解也。若云只取气格耳，既云律矣，何乃只取气格耶？

　　刘继庄很赏识这段话，说是"细入毛发"，并说即使崔考功、李太白再活转来，也无辞以对。这段话是针对王鏊所说的"气格"，而强调"律"的。从律诗的"律"来讲，把崔颢的毛病批得很"细"，所说也自有其道理。我引这两段话，意思是给黛玉的话作一个注解，就是律诗必须先讲格律，完全不讲律是不可以的。但若是有了"奇句"，如崔颢的《黄鹤楼》诗，便可以在一定程度上突破樊篱，不必拘泥于对仗的工稳和个别字的平仄。但是"奇句"并不是人人都有，篇篇都有的，所以格律还是基本的；而"奇句"，那只是特殊的。如果谁要自夸"奇句"，用"奇句"作为不讲格律或不懂格律的挡箭牌，那是另外问题，不在此文讨论范围之内了。

以上是黛玉教诗的第一讲：如果加个标题，就是"律诗格律和格律的一般性、特殊性"。

有了好先生，就有好学生，香菱听了黛玉的第一讲后，立即就有所领会。一边谈了过去读诗的心得和疑点，一边总结道："如今听你一说，原来这些规矩竟是没事的，只要词句新奇为上。"

香菱学习心得核心，其领悟处首先在于"竟是没事的"这五个字上，这不是说不要格律，而是说诗的好坏不在这个上，也就是王鳌所说的，"不以饾饤为工"，这样香菱的思想首先由平仄、对仗等等的框子中解放出来了。这是第一步。

接着黛玉又道："正是这个道理，词句还是末事，第一是立意要紧，若是意趣真了，连词句不用修饰，自是好的。这叫做不以词害意。"

黛玉不愧是个好老师，不但讲解简明扼要，而且善于启发式教育。先讲了格律，又引之突破格律，让学生思想注意到"词句新奇"上。接着又否定词句，把学生的注意力引导到"立意""意趣"的"真"上，这样就引导学生认识到诗的较为本质的问题了。

格律只是个形式，词句也只是个表面，只有"立意"，才是诗的精髓。《红楼梦》论诗好多地方都提到"立意"，如第三十七回"拟菊花题"时，提到"立意清新"；第三十八回"魁夺菊花诗"提到"立意要新"等等。"意"就是"志"，古语说："诗言志，歌永言。""志"就是"意"。语言、文字都是表达意思，和诗的语言又有什么不同。大抵一是它的抒情特征，二是它的形象特征。一首好诗，其感人首先是在于它用凝炼而集中的形象语言从感情上影响人，所谓"人人意中所有，人人笔下所无"，读者读到一首好诗，正如香菱后面说的："倒像是见了这景的。"这就是说：诗不是从道理上说服人，而是从形象上、感情上影响人、感染人，达到"移情"的作用。因此"诗言志"所言的"志"，所表的"意"，就不同于说话和写文章了。当然人在说话、写文章时，也会有诗的语言，也就是人们常说的有"诗意"，但那只是偶然的，而诗则要求全部的"诗意"。黛玉所说的"第一是立意要紧"，也就是说诗第一要确立好的诗意。有了诗意，才有诗的词句。意趣越真，词句越真，立意越新，词句越新，所以又说："若意趣真了，连词句不用修饰，自是好的"了。

黛玉这里说的"意趣真"，强调了一个"真"字，第三十八回"魁夺菊花诗"说"立意要新"，强调了一个"新"字，宋人严羽在《沧浪诗话》中说："语忌直，意忌浅，脉忌露。""忌浅"就是要"深"，强调一个"深"字，立意要"真"、要"新"、要"深"，三个字简单地说："真"是真情实感，"新"是不落陈言，"深"是深刻、深远，这三者虽然各有侧重，但作为立意来说，都是重要的，而且相互关联。古今中外的名诗汗牛充栋，如单从其所表现的诗意上来评价，应该说不外乎这三个字。不过这话说起来很简单，作起来却就不那么容易了。杜少陵说："文章千古事，得失寸心知。"为了追求这个艺术境界，真不知耗尽了多少诗人的心血呢。

这可以说是黛玉教诗的第二讲，标题不妨定作"诗重立意"吧。从格律说到词句，又从词句说到立意，在律诗的创作理论上，话虽然不多，但是已经很圆满了，不能再空谈理论。

下面再联系一些实际，我们看看这师生二人是如何联系实际的吧。

香菱的理解力是很高的，因为已说到"意趣真"了，所以她接下来便说道："我只爱陆放翁的'重帘不卷留香久，古砚微凹聚墨多'，说的真切有趣。"学生这样一谈心得，老师听了不对头，马上指出说："断不可看这样的诗，你们因不知诗，所以见了这浅近的就爱。一入这个格局，再学不出来的。"

老师毕竟是高明的，一语中的，就说到关键上。

人常说："取法乎上，仅得乎中。"一上手来学什么，是非常重要的，放翁这两句诗，似乎正犯了严沧浪"语忌直、意忌浅、脉忌露"的三忌，仔细玩味，这两句诗最缺少一点深远的味道，所谓"趣"，也只是"小有趣"而已，久看就会生厌的，所以黛玉马上指出她评价的不对。这真可以说是当头棒喝，一上来就联系实际，就先给学生一个警告。在这里黛玉是非常重视在教育上、学习上"先入为主"的重要作用的。这点不只是学诗，学任何东西应该说都是一样，一上手学歪了，有时终生受累，很难再改过来。这正像《水浒传》所写史进学拳棒一样，先学了些花拳绣腿，看上去热闹，实际无用，一上来就被王教头打翻了。如果不是遇到名师，从头学起，那不是要吃大亏，甚至丧命吗？但是对于这个，初学者却往往为知识所限，一开始不大容易弄懂，所以"见了浅近的就爱"，这中间就要靠名师的指点了。黛玉接着便给香菱规定了教材，并订出了学习计划："我这里有《王摩诘全集》，你且把他的五言律一百首细心揣摩透熟了，然后再读一百二十首老杜七言律，次之再李青莲的七言绝句读一二百首，肚子里先有这三个人做了底子。然后再把陶渊明、应、刘、谢、阮、庾、鲍等人的一看，你又是这样一个极聪明伶俐的人，不用一年工夫，不愁不是诗翁了。"

这里所列教材和学习计划，也十分简明扼要，而且后面还有鼓励的语言，这位林姑娘真可以说是"循循然善诱人"了。这段话有三点应该注意：一是所列教材，二是"细心揣摩透熟"，三是"做了底子"，这三点都值得分别谈谈。

所列教材是王摩诘五律、杜少陵七律、李太白七绝，篇数都不多，加起来也不过三百篇之数。俗语道："熟读《唐诗三百首》，不会作诗也会吟。"所以一本《唐诗三百首》名满天下，一直到现在还是人们所喜爱的一本书。不过那是选集不是专集。对于选集和专集，鲁迅先生在《"题未定"草》之六说过："自然，如果随便玩玩，那是什么选本都可以的，《文选》好，《古文观止》也可以。不过倘要研究文学或某一作家，所谓'知人论世'，那么，足以应用的选本就很难得。"香菱刻意学诗,而且过去已看过一些诗,这就不是"随便玩玩",而是带有一定的研究性质。所以黛玉给香菱指定教材,不用选本而用专集,这是不谋而合的。首先王摩诘的五言律,在历代是评价很高的。司空图与李生论诗道:"王右丞、韦苏州澄澹精致,格在其中。"苏轼《次韵黄鲁直书伯时画王摩诘诗》道:"前身陶彭泽,后身韦苏州。欲觅王右丞,还向五字求。"因之黛玉一上来以王摩诘的五律作为香菱学诗的基础教材自是有她的渊源和道理的。杜甫的七律、李白的七绝也被历代认为是最典范的作品。

基础教材必须精读、熟读,不是"随便玩玩",因此黛玉提出了"细心揣摩透熟"六字,这是学习要求。作为基础,这个要求不是高的、过分的,而是非常踏实的。香菱按照指导去实践,后来她评诗时,谈的那样生动、深刻,正是这种刻苦实践的结果。

黛玉给香菱规定了三种教材,要求"细心揣摩透熟",这时说:"肚子里先有这三个人做了底子。""底子"二字用得真是好,"底子"是什么,是基础,装在肚子里的底子，是最结实、最牢固的基础，这是颠扑不破的真理。黛玉用通俗而形象的话把它说出来，使人真有深入浅出、举重若轻之感。推而广之，自然不只是学诗要有"底子"，学习任何东西，同样也要扎实的"底子"。

有了"底子"，再进一步浏览，开拓眼界，即所谓"然后再把陶渊明、应、刘、谢、阮、庾、鲍等人的一看"，就"不愁不是诗翁了"。这是先打"底子"，然后再向横的方面发展，博览杂收，融会贯通的方法，这个方法是我国旧时学诗的最踏实的传统方法，这并不是黛玉的创造发明。宋人严羽《沧浪诗话》中道：

> 工夫须从上做下，不可从下做上，先须熟读《楚辞》，朝夕讽咏，以为之本。及读《古诗十九首》、乐府四篇、李陵、苏武、汉魏五言，皆须熟读。即以李杜二集，枕藉观之，如今人之治经，然后博取盛唐名家，酝酿胸中，久之，自然悟入。虽学之不至，亦不失正路。

宋人谢枋得《和刘秀严论诗书》中道（见《谢叠山集》）：

> 凡人学诗，先将《毛诗》选精洁者为祖，次选杜工部诗五言近体，七言古风，五言长篇，五言八句、四句，七言八句、四句八门，类编成一集，只须百首。……人能如此用功，时一吟咏，不出三年，诗道可以横行天下，天下之言诗者，无敢纵矣。

宋人严羽主张以《楚辞》为"本"，谢枋得主张以《毛诗》为"祖"，黛玉主张以王维、杜甫、李白三家"打底子"，尽管所选教材各有不同，但这"为本""为祖""打底子"的意思则是一样，精神是一致的。所以说这种方法是传统的方法，黛玉所谈更加简洁扼要、形象动人耳。

黛玉教诗，从讲律诗的格律开始，到指定教材、阐明学习方法为止，话虽然不多，但却是很完满的一整套，真可以说是学诗宝筏，通律津梁了。

# 香菱学诗

黛玉教得好，香菱也学得好，珠联璧合，构成《红楼梦》中的一大关目。香菱热衷学诗，拜黛玉为师，在听了老师讲解的基础上，按照老师布置的教材和要求，回来"诸事不管"，苦心用起功来。果然一个"极聪明伶俐"的姑娘，在名师的启发教导之下，再加上自己苦心孤诣的努力，学习上的师承、天分、功力，这三个基本要素配合起来，不久便思路大开，在诗学上取得了突飞猛进的成绩。如果不信，试看她在老师面前的口试答案：

一日，黛玉方梳洗完了，只见香菱笑吟吟的

送了书来，又要换杜律。黛玉笑道："共记得多少首？"香菱笑道："凡红圈选的，我尽读了。"黛玉道："又领略了些没有？"香菱笑道："我倒领略了些，只不知是不是，说给你听听。"黛玉笑道："正要讲究讨论，方能长进。你且说来我听听。"香菱笑道："据我看来，诗的好处：有口里说不出来的意思，想去却是逼真的；又似乎无理的，想去竟是有理有情的。"

这几句对话，把师生二人的神态写得十分婉娈。真所谓"士别三日，定当刮目相看"，隔了没几天的香菱，已经从过去那种只爱陆放翁"重帘不卷留香久"的水平，大大地提高一步，非复当日"吴下阿蒙"了。先简洁而扼要地谈出了诗的妙谛，就是"口里说不出来的意思，想去却是逼真的；又似乎无理的，想去竟是有理有情的"。这是什么呢？不妨说前者就是耐人想象，后者就是移人感情，如果说"诗味"，我想这些地方，就是诗味吧？李卓吾《焚书》中有一篇《读律肤说》，有两句道："淡则无味，直则无情。"反过来说，耐人想象，就有味；似乎无理，想去竟是有理有情，这就表现得比较曲折婉转，也就有味有情。这就是香菱在诗的领会和理解上，较前大大地迈进了一步。所以黛玉听了，也就十分赞许，笑道："这话有了些意思——但不知你从何处见得？"一方面赞许，一方面又引导她联系具体例子来评论，这种启发式的诱导，正看出这位老师的高明处。接着香菱便谈了一大段具体心得：

我看他《塞上》一首，内一联云："大漠孤烟直，长河落日圆。"想来烟如何直？日自然是圆的。这"直"字似无理，"圆"字似太俗，合上书一想，倒像是见了这景的。要说再找两个字换这两个，竟再找不出两个字来。再还有："日落江湖白，潮来天地青。"这"白"、"青"两个字，也似无理。想来，必得这两个字才形容的尽；念到嘴里，倒像有几千斤重的一个橄榄似的。还有："渡头余落日，墟里上孤烟。"这"余"字合"上"字，难为他怎么想来？我们那年上京来，那日下晚便挽住船，岸上又没有人，只有几棵树，远远的几家人家做晚饭，那个烟竟是青碧连云。谁知我昨儿晚上看了这两句，倒像我又到了那个地方去了。

这是香菱学诗试卷的中心部分，为了说明问题，我不得不先作文抄公把它抄了下来。这试卷的确有所发现，有所发明，是份好试卷，所以后面宝玉说她已得了"三昧"。首先是她品到了诗味，而且用了个绝妙的形容词："几千斤重的一个橄榄似的。"这也亏得她香菱——不，曹公雪芹想得出来。唐司空图论诗谈到诗味时说："梅止于酸，盐止于咸，饮食不可无酸咸，而其美常在酸咸之外。"后面又说："酸咸之外者何？味外味也。"香菱所说"像有几千斤重的一个橄榄似的"味道，不也正是这种味外味吗？

这种诗味，历来论诗者众说纷纭，有叫"韵味"的，有叫"意味"的，说法虽有不同，但细揣摩起来，实质上是一致的。宋人严羽、明人袁宏道主张"妙悟"，清初王渔洋讲"神韵"，后来袁枚讲"性灵"，近人王国维讲"境界"，各人有各人的领会，各人有各人的主张，一时也很难分析清楚。但是总的来说，不论读诗也好，不论写诗也好，能够领会到一些"诗味"，能够表现出一点"诗味"，这就是渐入佳境了。香菱谈的这些体会，就是对于诗有了较深的艺术感受和理解。因为艺术的理解与表现，先有一个懂不懂、会不会的界限，又有一个浅与深的程度差别，而这个浅与深的程度又可以说是个无限大，所以一定要把它具体化，定出标准来，那也就是缘木求鱼，根本不可能的。好比一个人学画马，能够画出各种姿态的马，那么就算会画马了，至于"好"呢？那就无底了，是不是唐代的曹霸、韩幹就是画马最好的，不可超越的呢？谁也不能那么说。因为艺术的境界永远是无穷的，如果深下去，那就看各人的智慧和努力程度。香菱的这点收获，自然是基于她的天分和刻苦努力，同时也基于老师的教导得法和教材的典范。

香菱所得到的"三昧"，是从哪里得到的呢？黛玉一上来就问她"共记得多少首"？首先是一个"记"字。香菱就是从这个"记"字上得到许多具体收获，"直、圆、白、青、余、上"等字，是从对诗句的"记"、细心玩味、揣摩上捕捉住诗句的关键，玩味、揣摩全句，领会全诗的感情，咀嚼全诗的韵味，从而得到其中的"三昧"。

在诗句中，关键性的一个字是很重要的。刘勰《文心雕龙》中有句著名的话道："富于万篇，而贫于一字。"韩愈诗云："六字常语一字难。"都是说在关键性的地方一个字的重要和困难。过去有所谓"诗眼"的说法，清代刘熙载《艺概·诗概》中道："夫活，亦在乎认取诗眼而已。"这正如顾虎头作画，最后点睛一样，其活泼泼的生命力，全表现在这眼睛上，诗的精神也表现在诗眼上。篇基于句，句基于字，一二个字的"诗眼"，起的是全句、全篇的作用。古人在这方面的例子是说不完的，著名的贾岛的"推敲"，王安石的"春风又绿江南岸"，比比皆是。宋叶梦得《石林诗话》中记载说：

王荆公编《百家诗选》，从宋次道借本中间有"暝色赴春愁"，次道改"赴"字作"起"字，荆公复定为"赴"字。以语次道曰："若是起字，人谁不能到？"次道以为然。

清初王渔洋非常推崇王安石这点卓见，其《论诗绝句》中有一首道：

> 诗人一字苦冥搜，论古应从象罔求。
>
> 不是临川王介甫，谁知暝色赴春愁。

以上所引，均可见一字的重要。香菱学诗未久，便能够注意到"诗眼"，从一字中生发出意思，玩味到诗境、诗味，而谈出自己各种体会，这是不容易的。所以宝玉在旁说她"会心处不在远"，"可知'三昧'你已得了"。后来黛玉又给她看了陶渊明的"暖暖远人村，依依墟里烟"。她更悟出了"上"字是从"依依"两个字上化出来的，也可以说是善于借鉴前人，推陈出新吧，至此她的诗学的确是进了一大步了。

不过话又说回来了，看似容易，自己作起来，却不见得就容易。俗话说：看人挑担不吃力。在艺术上当然更是如此，看固然不易，作有时更难，常常是眼高手低的多，香菱也是如此。读诗的眼光是提高了，得到"三昧"了。而一旦作起来，就又感到力不从心了。因此不但在读上要"细心揣摩透熟"，在创作上，在实践上，也还要刻苦锻炼，这样才能有所成就。尽管成就有大小之分，但这个规律却是再也不会变的。香菱三首习作的逐步提高过程，就正说明了这点，深刻体现了这艺术磨炼的艰苦性。第一首习作为：

> 月挂中天夜色寒，清光皎皎影团团。
>
> 诗人助兴常思玩，野客添愁不忍观。
>
> 翡翠楼边悬玉镜，珍珠帘外挂冰盘。
>
> 良宵何用烧银烛，晴彩辉煌映画栏。

黛玉批评道：

> 意思却有，只是措辞不雅，皆因你看的诗少，

被他缚住了。把这首诗丢开，再做一首，只管放开胆子去做。

黛玉批评很对，香菱这第一首诗的确是幼稚的。什么"月挂中天"啦，"影团团"啦，"常思玩""不忍观"等等，都是很浮浅的。在词句上中间两联齐头并列，意思差不多，而互相又有关系，这就是律诗常说的"合掌"之病。因为律诗中的两副对子是承转部分，虽然在形式上是对照的，在意义上却常常是连结的。它不是并列的四只花瓶，而是一根八节链条中的四个环节。所谓意对为先，事对为次；反对为优，正对为劣。对仗不只是字面和声韵上的"天"对"地"、"雨"对"风"，而是要在意义上相反相成，照现在的说法，最好是一个问题的两个方面互相成对；等而下之，也要互相有些关系、照应。如果上下全无关系，齐头并进，上下两句意思一个样，字面上再漂亮，也是下乘的了。如香菱第一首："翡翠楼边悬玉镜，珍珠帘外挂冰盘。"第二首的"只疑残粉涂金砌，恍若轻霜抹玉栏"等联，不唯词句幼稚雕琢，而且为描写而描写，上下一个意思，半斤八两，这就不成为佳对了。再打个浅近比喻：对子至少应像鞋一样，一左一右成对，而不能像一双筷子。黛玉评语中"意思却有"一句，一方面虽然有点鼓励性质，另一方面则因香菱这第一首虽然浮浅，但还未离题，处处还想着月亮，因而再让她"放开胆子去做"。不过这胆子一下子还放不开，窍门一下子还找不到，我们试看她第二首：

> 非银非水映窗寒，试看晴空护玉盘。
>
> 淡淡梅花香欲染，丝丝柳带露初干。
>
> 只疑残粉涂金砌，恍若轻霜抹玉栏。
>
> 梦醒西楼人迹绝，余容犹可隔帘看。

黛玉批评道："自然算难为他了，只是还不好，这一首过于穿凿了，还得另做。"

这说明创作的确是一个艰苦磨炼过程，第一首浮浅，第二首又过于穿凿，思路从一个极端到另一个极端，问题是只围着月亮表面转，而没有深进去。前面所说"第一立意要紧",必须深进去,在物我之间发生了新的切实的感情,才能真正立起意来。那么反过来说,这第一、第二首的苦思苦想的工夫是不是白下呢?不是的,这正是艺术境界的必经的过程,所谓"众里寻他千百度,蓦然回首,那人却在灯火阑珊处"。没有第一首、第二首苦心孤诣的失败,便没有第三首梦中得句,"你这诚心都通了仙了"的成功。第三首便得到了可喜的成功:

> 精华欲掩料应难,影自娟娟魄自寒。
> 一片砧敲千里白,半轮鸡唱五更残。
> 绿蓑江上秋闻笛,红袖楼头夜倚栏。
> 博得嫦娥应借问,缘何不使永团圆!

　　曹雪芹替香菱拟的这首诗,好就好在能结合前两首,即在前两首的基础上,使这首诗在内容上、在艺术表现上来了个突破,起了质的变化。其一,也就是最重要的,是香菱把自己摆到诗中去了。这首诗句句都写了香菱自己的切身之感。如果说这点感情在第一、二首中还是浮泛的、游离的，那么在这首中则是切切实实的了。第一、二首中苦心孤诣地捉不到的东西，在这首中则完完全全地抓住了，是什么呢？就是她自己。就是她自己沉痛的遭遇与月亮呼息相通的真情实感。

起句是自况，香菱的"精华"在大观园中是掩不住的，但虽是美好的、"影自娟娟"的，而却又是凄凉的，是"魄自寒"的。承句是情景，是思妇无眠、愁人不寐的凄凉情景，不但是自己的凄凉，而且想到"千里"，不但是片刻的凄凉，而且辗转"五更"，把客观的"月"与主观的凄凉有机地、生动地融合在一起了。"绿蓑"一联，既承接了上面，又推进了一层，"绿蓑"是离人不寐，照应"千里白"；"红袖"是思妇无眠，照应"五更残"，前后都有关联，互相都有照应。而又都是由"月"生发出来的真情实感，香菱自己的凄凉身世都在里面了。

结句是全诗的灵魂，承接上面的凄凉感受，发生有力的反问，看上去这一问很轻巧，而实际上却是很沉重；看上去这一问很天真，而实际上问的则是很凄凉。结合香菱的悲惨身世来玩味这首诗，那真是有些声泪俱下了，岂只是"这首不但好，而且新巧有意趣"而已呢？

由于这首诗有了较丰富的意思，在立意上抓住了主要的东西，所以在文字的结构和表现上也都有了明显的进步，很自然地一气呵成，而不是硬凑的了。"一片""半轮""绿蓑""红袖"等，也都不犯合掌的毛病，不只是字面上平仄、虚实机械地成对，而是在意义上空间、时间、离愁、思绪，有机地对照起来了。词句中的"砧敲""鸡唱""闻笛""倚栏"等等，也都是既贴切"月"字，又体现感情，与第一、二首比，那就是字字有着落，其文野之分，不可以道里计了。这就正应了前面黛玉的话："第一是立意要紧。若意趣真了，连词句不用修饰，自是好的。"把这首诗在文字上同前二首比较，就更体会出这几句话的确切，香菱学诗、写诗就成功了。

# 假古董

  荣国府、宁国府中有"古董库""古董账",那古董玩器一定很多,但究竟有多少件,曹雪芹没有写清楚,谁也不知道。但看书的人仔细分分,大体不外乎三种:

  一是一看就知道是开玩笑,是假古董。

  二是要稍加解说,才知道是假古董。

  三是照文字所写,可以说是真古董。

  不妨就以上所列三点标准,对《红楼梦》中的古董,作些说明。

▶《红楼梦》中古董陈设

余避暑紫金山晓起
见江光如练山翠
上承日色中为云
气所束蜿蜒流动
或没渐树隆中吐
或从木末闯出
山灵安态态以
意测为辟寒笺
聊传一时山态观志
尝以墨戏然之

颠黻

▼（传）米芾《云山图》

第一种假古董，稍微有些历史常识，而又爱看《红楼梦》的人，懂得一点文艺手法，写作技巧的人，大概都会知道：那就是第五回所写的秦可卿房中的那些"古董"：

案上设着武则天当日镜室中设的宝镜。一边摆着赵飞燕立着舞的金盘，盘内盛着安禄山掷过伤了太真乳的木瓜。上面设着寿昌公主于含章殿下卧的宝榻，悬的是同昌公主制的联珠帐。宝玉含笑道："这里好！这里好！"秦氏笑道："我这屋子大约神仙也可以住得了。"说着，亲自展开了西施浣过的纱衾，移了红娘抱过的鸳枕。

武则天、赵飞燕、太真、寿昌公主、同昌公主、西施、红娘，这些都是什么人，都是历史上第一流的女子（其中只有红娘是戏剧人物，其他都是真人），是"美丽"和"爱情"的化身，对少男有极大的诱惑力。把宝镜、金盘、木瓜、宝榻、珠帐、纱衾、鸳枕，再同这些人联系起来，是什么意思呢？这只是用了许多历史上的香艳故事，是一种象征的写法，而不是写实的。目的是写宝玉的成熟，由儿童在某种气氛的影响下，有了性感，成了少男。

所以这些是尽人皆知的假古董，不必多说。但这里有一点不妨稍说几句。就是这些描写，暗示了第一个教会宝玉偷吃伊甸园禁果的是秦可卿。这如果联系起第十一回所写秦氏病重时情况的文字：

> 宝玉正把眼瞅着那《海棠春睡图》并那秦太虚写的"嫩寒锁梦因春冷，芳气袭人是酒香"的对联，不觉想起在这里睡晌觉时梦到"太虚幻境"的事来。正在出神，听的秦氏说这些话（指对凤姐所说"我自想着，未必熬得过年去"等生离死别伤心语），如万箭攒心，那眼泪不觉流下来了。

再联系到第十三回所写宝玉：

> 如今从梦中听见说秦氏死了，连忙翻身爬起

来，只觉心中似戳了一刀的，不觉"哇"的一声，直喷出一口血来。

这些联系起来看，作者用香艳故事的"假古董"作明确暗示，就很清楚了。"秦氏"者，"情死"也；秦可卿者，"情可亲"也；秦太虚者，"情太虚"也。"少男""少女"的情，到老来，事过情迁，还不都只稳下空虚的回忆吗？

秦可卿的文字，"脂评"对假古董武则天宝镜数语，有"若真以为然，则又被作者瞒过"之评语。对"西子浣过的纱衾"，有"一路设譬之文"的批语。对"在秦氏房中睡去"，有"必用到秦氏房中，其意我亦知之矣"批语。对"遂悠悠荡荡，随了秦氏至一所在"，有"然必用秦氏引梦，又用秦氏出梦，竟不知立意何属。惟批书知之"的批语。十一回中无眉批。第十三回宝玉"直喷出一口血来"、"血不归经"两处各有批语云。前一句云：

> 急火攻心，焉得不有此血，为玉一叹。

后一句云：

　　如在总是淡描轻写，全无痕迹，方见得有生
一来天分中自然所赋之性如此，非因色所感也。

上一句另有"批句"，与所引者意不贯，未引。我
对"脂批"无力作深入研究，只择数条，以证蛛丝马
迹。我只因"假古董"而联系宝玉，略说一些。秦氏
数回是曹雪芹改写过的，早有定论，也不必多说。

当然，如果不从这种地方分析曹公所写的秘密。
只从少男青春生理学和心理学的角度去分析。这些
"假古董"所渲染的气氛，也是极为生动成功的。因为
几乎所有的男性在儿童转入少年时期，第一次有性感，
都是在一种异性的气氛感染之下，于梦寐、迷矇状态
中产生的。这是科学的。而曹雪芹所描绘的，着力渲
染的，正是造成宝玉青春生理期突变的某种梦魂迷离
状态的气氛。男性读者不妨回忆自己少年时期的情况。
只要记忆真确，便会会心地感到曹雪芹所描绘的多么

▶ 唐伯虎《芭蕉
春睡图》

符合现代科学中青春生理学和心理学的客
观论断。

因这些"假古董"说了不少分析情节、
内容的话，似在情理之中，已出范围之外，
因只在说尽人皆知的假古董耳。范围之外
的话就此打住。也许有人说，你还漏了两
样呢？一是《海棠春睡图》，一是对联。第
五回原文道：

> 说着大家来至秦氏卧房。刚到房
> 中，便有一股细细的甜香，宝玉此时

便觉眼饧骨软，连说："好香！"入房间壁上看时，有唐伯虎画的《海棠春睡图》，两边有宋学士秦太虚写的一副对联云：

嫩寒锁梦因春冷；
芳气袭人是酒香。

这一画一联，是真是假呢？我说一是真古董，一是假古董。按照北京古董行贸易的规矩，古人书、画也是"古董"，叫"软片"，或曰"软彩"。这是行话。为什么这样说呢？且听我慢慢道来，这就要到第二样：要稍作解说，才知道是假古董的"假古董"了。

为了说清所谈概念的内涵，还要把这里所说的"假古董"的特定含义说清楚，即我这里所说的"假古董"，不是一般"古董行贸易"所说的假古董。而是《红楼梦》中的"假古董"，也就是曹雪芹自己编造的"古董"，这也像编造"亦古亦今"的假官名"兰台寺大夫""龙禁尉"等等一样，古董也是可以凭作者的生花妙笔编造的。这就是我要解释的"假古董"。先从

"硬片"或"硬彩"说起：

第四十一回妙玉请黛玉、宝钗、宝玉吃茶。作者着意描绘了三件珍贵茶盅："瓟瓟斝""点犀盉""九曲十环一百二十节蟠虬整雕竹根大盏"。

先说"瓟瓟斝"，"瓟"是僻字，见《集韵》，音班，解释是"瑞瓜"。"瓟"是常见字，瓟瓜是葫芦的一种。《论语·阳货》："子曰：吾岂匏瓜也哉？焉能系而不食？"王粲《登楼赋》："惧匏瓜之徒悬兮，畏井渫之莫食。"按，"瓟""匏"二字相通，都是葫芦的代名词，或是葫芦一种，总之只能长老了，挖去瓤，用壳作饮器。"斝"，音贾。《说文》中解释：从吅、从斗、冂象形，与爵同意。因而

这个看上去深不可测的古奥名称"觚瓟斝"，如果翻译成白话，那就是"祥瑞的葫芦壳酒杯"或"祥瑞的葫芦壳茶杯"。再加刻上晋代"王恺珍玩"，也就是与石崇斗富的那个王恺。又加上苏轼见于秘府（即皇帝宫中）的字样，那真成了举世无双的稀奇古董了。实际只是一个葫芦壳，曹雪芹着意渲染，引了两位古代名人，他的特殊古董就创造出来了。

曹雪芹不用金玉，而用葫芦创造古董，自是鄙视金玉，以显妙玉清高。而灵机一动，想到葫芦，却有其历史因素，因当时很讲究名贵的"葫芦器"。邓之诚《骨董琐记》卷一记云：

> 葫芦器，康熙间始为之。瓶盘杯碗无不具。阳文山水花鸟，题字极清朗，不假人力。法于葫芦结后，造模范之，随之而长，遂成器物。然千百中，完好者仅一二。尝见一方砚匣，工致平整，承盖处四面吻合，良工所制不能及。见《西清笔记》。

同书卷五另记"匏尊"云：

> 巢鸣盛，字瑞明，嘉兴人，明末隐居深林，
> 绕屋种匏，大小十余种。室中所需器皿，尽以匏
> 为之。"槜李匏尊"始于此。著《永思草堂集》，
> 题《匏杯》一律云（按，"槜李"，嘉兴古地名）：
>> 回也资瓢饮，悠然见古风。
>> 剖心香自发，刮垢力须攻。
>> 不识金银气，何如陶冶工。
>> 尼丘蔬水意，乐亦在其中。

"葫芦器"和"匏尊"在《红楼梦》时代，可以说
是古董当中的"清品"，康熙太监梁九公以善制葫芦器
著称，人称"梁葫芦"。曹雪芹一定知道，见过，甚或
爱过，玩过。但是这些玩艺儿，如果作为自然的"葫
芦瓢"，用来饮水，即早在春秋时代就有了，孔子大弟
子颜回不是"一箪食、一瓢饮"吗？"人不堪其忧，
回也不改其乐"，那"品行"又比妙玉高多了。但作为
工艺品，经过艺术加工，成为"镌着"隶字、篆字的

"古董"，那还是比较晚的了。明末到康熙之间，才有了这种工艺品，晋代王恺又如何珍玩呢？而经曹雪芹一"加工"，假古董便成了扑朔迷离的真古董了。

"点犀盉"，"盉"者，盂也。"点犀"者，犀生角也。"心有灵犀一点通"，珍贵的犀牛角，由根部直到尖端，横断面看，中心有一白点，实际是连成一线，谓之"点灵犀"，是犀牛角中最珍贵的。记得唐人《岭表录异》《岭外代答》中均有记载。宋人笔记中也多见之，又名"通天犀"。姚宽《西溪丛话》记云：

犀以黑为本，其色而黄曰正透，黄而黑边曰倒透，世人贵之。其形圆谓之通犀。

张世南《宦游纪闻》云：

通天犀脑上角，千岁者长且锐，白星澈端，能出气通天。

所谓"白星澈端"，也就是"点犀"。实际"点犀盂"，就是一般人们常说的"犀牛杯"。改一"盂"字，便成为十分高雅的妆点了。

犀角是贵重的药材，李时珍《本草纲目》引东晋陶弘景语曰："入药惟雄犀生者为佳。若犀片及见成（即现成）器物皆被蒸煮，不堪用。"于此可见，用犀角制器物，早在晋代就很普通了。犀角入药，是强力解毒剂，其珍贵亦在于此。以之制成杯盏等物，亦有防毒、解毒的作用。

"葫芦"是不值钱的东西，其所以珍贵，以其制作困难。在生长期即开始制作，千百不得一，难以成功，固"珍贵"。"犀角"则本身就是十分贵重的原料，其贵重远远超过象牙，所以"犀牛杯"更是贵重之物了。用犀角制为杯盏，不但在外形上仿古成为彝爵斝之类，而且还像雕刻象牙一样，刻出许多精美古雅的花纹，文人学士，再起上奇怪的名字，如"点犀盂"之类，这样这个名贵杯子就成功了。

曹雪芹写"点犀盂"，自然也属于着意妆点的"假古董"之类。但是他未写出谁收藏过，所以这个虽然高贵，但是新制也可以，所以可以不作古董论。

至于"九曲十环一百二十节蟠虬整雕竹根"大盏，那也未写明朝代，哪一位古人收藏过。这件玩艺，如现在谁家翻出来，自然是其价不赀的古董，可以送进《红楼梦》博物馆陈列，但在当时，也只能把它归入工艺品门类，连"假古董"也够不上了。

说完"硬片"，再说说"软片"，也就是书画一类的。第四十回描绘秋爽斋探春房中的陈设，写到书画道：

西墙上当中挂着一大幅米襄阳《烟雨图》，左右挂着一副对联，乃是颜鲁公墨迹，其联云：

烟霞闲骨格；

泉石野生涯。

这一画一联，是真是假呢？也是按前述标准判断。画是真的，联是假的。为什么这样说呢？简单地回答：

颜鲁公那个时候，还不作兴写对联，挂对联。颜鲁公根本没有写过对联，秋爽斋又如何能挂出颜鲁公的对联呢？

这副五言联，词句太好了。如果颜鲁公当年真是大笔淋漓写下这么一副对联，流传到现在，那真是国宝了。可惜没有！

据梁章钜《楹联丛话》考证，楹联始于桃符版，五代时蜀主孟昶子所书"天垂余庆；地接长春"是最早的对联形式。而宋代还不大盛行，虽然唐宋五七言律诗中间都是联语，但没有人把它单独写来贴在门上或贴在墙上。宋代的桃符牌，似乎是后代的春联，但还不是，仍是只书"元亨利贞"等固定吉祥语在上面。"春帖子"似乎是春联，但也不是；传世宋人文集中的春帖子，又多是五言绝句。另据赵翼《陔余丛考》所考，大体相同。

唐宋五七言律那么多联语，唐宋又那么些书法家，为什么不大量写对联呢？这道理今人思之，似乎殊不可解。我想或者与书写习惯有些关系，唐人用纸也有些关系。唐人多用卷纸，一边写，一边往长拉，故所写多卷子。宋人稍承唐风，如苏学士《前赤壁赋》墨宝，乃稀世之珍，亦作卷子。所以南宋之后，桃符春联偶一为之，特地写了联语，裱起来，挂在墙上的，似乎还未见记载。《坚瓠集》记载：赵子昂过扬州迎月楼赵家，其主求作春联。子昂题曰："春风阆花三千客，明月扬州第一楼。"也还是春联，而不是像明、清以后新翰林经过扬州，广送对联给盐商以打秋风的那种对联。真正时兴在书斋、厅堂中挂对联，写对联送人，是明代以后的事，到了清代，那自然早已广泛流行了。但是不管怎么流行，也不可能有颜鲁公写的对联呀！所以这副"烟霞闲骨格；泉石野生涯"的对联，自然是曹雪芹创造的假古董了。秦太虚就是秦观、秦少游，和苏东坡同时，所以"嫩寒锁骨""花气袭人"那副令人销魂的联语，自然也是曹公天才的"创造"了。

关于"瓠瓟斝"等假古董的事，记得近三十年前，沈从文先生曾写过文章，登在《光明日报》上，手头无资料，不能引用。读者如有兴趣，请到图书馆去翻阅吧！

# 女红·刺绣

《红楼梦》中凡是写到刺绣、绣品的地方，都是十分重要的。这关系到当时社会的女教、文化素养、工艺美术等方面。

读者看到第二十七回探春给宝玉做精美的鞋；看到第三十六回袭人、宝钗给宝玉绣白绫红里的兜肚，鸳鸯戏莲花样，红莲绿叶，五色鸳鸯；看到第十七回黛玉剪那还未做完，却十分精巧的香袋儿……联想到多少问题。

这些情节还有，不必一一多举。就以这几处来说，就使人感到：大观园的小姐们都会做针线活儿，都会绣花，而且绣的都好……她们这些手艺是谁教的呢？何时学的呢？学这些干什么呢？她们不都是用着许多婆子、丫头，茶来张手，饭来张口，过着腐朽的剥削阶级生活的小姐吗？干吗那么"傻"，还要自己干活呢？……如果刨根问底，会生出许多怪问题。也许现在姑娘就会这样想：这些人真傻，干吗自己绣？那些丫头、婆子，不会让她们"绣"吗？要是我啊——乐得享受享受呢！

时代的隔阂，古人自想不到今人，今人也往往难理解古人。比如林黛玉，看书的人，只注意到她读书作诗，是个才女，是贾雨村的学生；而不知她另外受到的教育，即"闺教"，这是封建社会，所谓诗礼之家，对于女孩子最重要的一种教育方式。而闺教的最主要方面，就是女红，女红就是刺绣和裁衣。古诗《孔雀东南飞》中说："十三能织素，十四学裁衣，十五弹箜篌，十六诵诗书……"这就反映了当年的"闺教"是一系列的。"男耕女织"，"织"的范围包括缲丝、栉麻、纺纱、织绢、裁衣、绣花等等。"闺教"的另一方面，是"相夫教子"的道德教育。当时婚姻选择，对女方要求"德、言、容、工"，"德"是道德，"言"是言语应对，"容"是容貌，"工"就是裁衣、刺绣等等。所以对于豪门、贵戚的女子，也不例外，林黛玉除了请先生教育识字读书而外，也要接受"闺教"、学习女红。在《红楼梦》时代，一般即使王爷的女儿，公侯的千金，都不会从小无所事事，只知吃喝玩乐，成天嘻嘻哈哈过日子。现在研究社会史、教育史的人很少，即使研究的人，好像也很少注意到这点。

《红楼梦》中不少情节，都反映了这些历史现象，当时"闺中"的风俗习惯。第二十回道："彼时正月内，学房中放年学，闺阁中忌针黹，都是闲时……"所说"正月内……忌针黹"，可见平日经常是要做针线活的；"都是闲时"，可见平日也是"忙"的。第四十八回写薛蟠出远门做生意，宝钗向薛姨妈说，让香菱搬到大观园来住，和她作伴时说："不如叫菱姐姐和我作伴去，我们园里又空，夜长了，我每夜作活，越多一个人，岂不越好？"宝钗是薛家大小姐，"丰年好大'雪'，珍珠如土金如铁"，家里有的是钱，而宝钗说"我每夜作活"，这话在今天，有谁相信呢？一定要说她"不老实"。其实她说的是老实话，你不相信，那是因时代隔阂之故，你今天不了解二百多年前薛宝钗闺中的生活。所谓"饱食终日、无所用心，难矣哉！"一个正常的人，吃饱饭、睡醒觉之后，总是要干点儿什么，才能以消永日的。"不做无益之事，何遣有涯之生"，从消极方面说，是有相对道理的。"干活"，在生活贫困的人，是谋生的手段；在生活富有的人，是乐生、养生的手段。既非清贫，也非豪富的人，可能二者兼而有之。宝钗"每夜作活"，不是为了谋生糊口；而是封建时代，闺中女子，正常的乐生、养生的功课。什么活呢？针线活儿，其中刺绣是主要的。当然也包括其他缝纫。

大观园的小姐、丫头们，几乎人人都有精美的技艺。林黛玉会刺绣缝制精美的香袋儿，探春会做精美的鞋，宝钗、袭人都会刺绣"鸳鸯戏水"的兜肚，湘云刺绣精美的扇袋儿，晴雯会"界线"，会补"孔雀袭"，莺儿会结络子，会编花篮……除此之外，林黛玉会裁剪衣服，袭人请湘云帮着做鞋，宝玉的某些衣着鞋袜针线活，通过第三十二回袭人的口说道："我们这屋里的针线，是不要那些针线上的人做的。"那么谁做呢？自然主要是袭人这些人做了。其他就是那些小姐们。林黛玉身体差，做得少一些，袭人、湘云背地里还说酸溜溜的怨言呢："旧年好一年的工夫，做了个香袋儿；今年半年，还没见拿针线呢。"这不是口吻如画吗？

虽说大观园中的青年女性，个个心灵手巧，但这些"针线活儿"的本领，也不是先天带来的，而是由于传统的、细致的闺教获得，由于认真学习"女红"而学会的。辛稼轩词云：

昨日春如十三女儿学绣，一枝枝不让花瘦。……而今春似轻薄浪子难久。

**意境写得多么美呢！**

"十三女儿学绣"，不要轻视这个传统的闺教方式，它起到了三点重要的教育作用：

　　一是学会了持家的主要技能。昔人云："妻贤看儿衣。"缝纫的技能是"学绣"中养成的。

　　二是养成了细致、耐心的持家习惯，勤俭持家的道德风尚，文静、坚韧的闺秀性格。

　　三是养成了美的爱好，审美的艺术修养。

　　这三者是中国封建时代女性的较为普遍的特征，与传统"闺教"分不开，与针线活——包括刺绣为主的辛勤学习分不开的。道德教育不是说空话所能解决的，美育教育也不是说空话所能解决。"十三女儿学绣"，实际也起到这两种教育的效果的。正如旧时严格的习字教育，一二十年的写大小仿，写白折子，培养成遇事严格、认真、细致的习惯一样，本身也培养了审美观和艺术情致。

　　《红楼梦》中的少女、少妇们，都是受过这种严格的教育和熏陶的。

这是《红楼梦》情节中有许多地方提到，有所表现，而未写明其详细原因的。现在一般读者只注意到宝钗、黛玉作诗，却很少注意到宝钗"每夜作活"、黛玉"裁衣""绣花"等等。宝钗、黛玉作诗，一般读者虽然感觉到奇怪，怀疑年纪轻轻怎么会作诗呢？但稍作解释，便可理解了。不是现在也有青年女诗人吗？而对于宝钗"每夜作活"的事，恐怕虽经解释，也很难理解和相信了。

《红楼梦》中精于刺绣的姑娘多，鉴赏能力也高；刺绣在《红楼梦》中，既是精美的生活用品，如衣着鞋袜等等；也是精美的工艺品陈设，如围屏、璎珞等等。

精美刺绣，在我国是很早就讲究的。南北朝苻秦王嘉《拾遗记》中就有记载：据云"吴主赵夫人兼机绝、针绝、丝绝，其丝绝能于方帛之上，绣列国山川地势军阵之象"。另外据近人朱桂莘氏《丝绣笔记》载："唐则有卢眉娘，能于尺绢绣《法华经》七卷。"再日本《唐宋元明名画大观》中载有明人夏明远所作界画楼阁，姜绍书《韵石斋笔记》记有"夏永，字明远者，以发绣成滕王阁、黄鹤楼图，细若蚊睫，侔于鬼工"。类似这样的名绣记载，文献中多得很。而《红楼梦》时代，江南露香园顾绣已经誉满海内外，除此而外，其时其他名绣也很多。第五十三回荣府元宵夜宴中写道："又有紫檀雕嵌的大纱透绣花草、诗字的璎珞。""戚本"在此句后，较其他本子多出一大段文字。那就是"慧纹"。文云：

原来绣这璎珞的，也是个姑苏的女子，名唤慧娘。因他亦是书香宦门之家，他原精于书画，不过偶然绣一两件针线作要，并非市卖之物。凡这屏上所绣之花卉，皆仿的是唐宋元各家的折枝花卉，故其格式皆从雅本来，非一味浓艳匠工可比。每一枝花侧，皆用古人题此花之旧句，或诗或歌不一，皆用黑绒绣出草字来，且字迹勾踢转折轻重连断，皆与笔写无异，亦不比市绣字迹，倔强可恨。他不仗此获利，所以天下虽知，得者甚少。凡世宦富贵之家，无此物者甚多。当今称为"慧绣"。竟有世俗射利者近日仿其针迹，愚人获利。偏这慧娘命夭，十八岁便死了，如今再不能得一件的了。所有之家，亦不过一两件而已，皆惜若宝玩一般。更有那一干翰林文魔先生们……商议了将"绣"字隐去，换了一个"纹"字，所以如今都称为"慧纹"。若有一件真"慧纹"之物，价则无限。贾府之荣，也只有两三件。上年将两件已进了上，目下只剩这一副璎珞，一共十六扇。贾母爱之，如珍如宝。

这一段刺绣掌故，是真的呢？还是曹雪芹编的呢？还是把真事改名换姓，再略改情节影射呢？没有较为充分的证据，自然难下断语。但据历史条件分析，似乎不是完全生编硬造的，或者多少有点影子。为什么这样说呢，因为其时以"姓"或"名"名绣的是数见不鲜的。邓文如先生《骨董琐记》记"顾绣"云：

明隆万时，上海顾明世应夫，官尚宝司丞，致仕归，辟所居旷地为园，凿池得赵松雪书石刻，有"露香池"字，遂以名园……顾氏刺绣，得内院法，劈丝配色，别有秘传，故能点染成文。山水、人物、花鸟，无不精妙，世称"顾绣"。尚宝曾孙女，适同邑廪生张来，年二十四而寡，守节抚孤，出家传针黹以营食，世称"张绣"。尚宝族孙寿潜……其妇韩希孟，工画花卉，所绣亦为世所珍，称为"韩媛绣"。

据近人朱桂莘氏《丝绣笔记》载，苍梧关伯珩藏《董其昌题顾寿潜妻韩希孟绣宋元名迹方册》，有顾寿潜题识云：

女红在刺绣，犹之乎士行而以雕虫见也。……廿年来海内所珍袭吾家绣迹者，侔于鸡林价重。而赝鼎余光，犹堪令百里地无寒女之叹。第五彩一眩，工拙易淆，余内子希孟氏，别具苦心，居常嗤其太滥。甲戌春搜访宋元名迹，摹临八种，一一绣成，汇作方册，观者靡不舌挢手舞也。见所未曾，而不知覃精运巧，寝寐经营，盖已穷数年之心力矣。宗伯师见而心赏之，诘余技至此乎？余无以应，谨对以寒铦暑溽，风冥雨晦时，弗敢从事；往往天晴日霁，鸟悦花芬，摄取眼前灵活之气，刺入吴绫。师益诧叹，以为非人力也。欣然濡毫，惠题赞语；女红末技，乃辱大匠鸿章。窃谓家珍，决不效牟利态，而一行一止，靡不与俱。伏冀名钜，加之鉴赏，赐以品题，庶彩管常新，色丝永播，亦艺苑之嘉闻，匪特余夸耀于举案间而已也。时在崇祯甲戌仲冬日，绣佛主人顾寿潜谨识。

按文如先生所记及顾寿潜跋，均可作为"慧纹"之间接背景看。"顾跋"所说"赝鼎""牟利态"，即"慧纹"一段中所说之"仿其针迹"，"愚人获利"等等；"顾跋"所说"搜访宋元名迹，摹临八种"，即"慧纹"之"皆仿的是唐宋元各家的折枝花卉"等；"顾跋"所记"宗伯师"题，即董其昌题，"慧纹"则是"皆用古人题此花之旧句"。凡此诸端，几乎是几何学中的"近似形"。虽不能说《红楼梦》所写是出自此跋，但曹雪芹肯定是见过类似的名绣和名跋，而写的这段"慧纹"的文字。

再有与《红楼梦》时代相同的名绣家是很多的。扬州女子余韫珠，年甫笄，能仿宋绣，绣仙佛人物，十分精妙，有"神针"之誉，曾给王渔洋绣《神女》《洛神》《浣纱》诸图。彭羡门曾为其《高唐神女图》题词。浦江倪仁吉，字心惠，精绣，能减去针线痕迹，曾绣《心经》一卷。人称"素绫为质，刺以深青色丝，若镂金切玉，妙入秋毫"。吴江杨和，能以发代线，绣佛像，号"墨绣"。女沈关关亦传其技，并绣山水人物。青浦邵琨，能诗善绣，自作《西湖春泛图》，当时人评价格韵不减元人。吴县钱蕙，字凝香，也能以发代线，绣古佛大士像，及宫装美人，评者谓"不减龙眠白描"。年三十九卒。以上刺绣名家，都是和《红楼梦》同时代者，近人朱桂莘氏《女红传征略》均有记载。

名绣比名画传世的少，因绣比画费时间，作品很少。再因作为艺术品的绣件，大多都深闺中物，除自家保存而外，不大作商品流传出来。因而近代在古董市场上，绣品比书画还值钱。

《红楼梦》中衣着、用具、工艺品等项，大项物品，都是刺绣的。不过在文字中，有的写明绣品，有的则未写。如第四十回，探春的床上悬的是"葱绿双绣花卉草虫的纱帐"，这是写明刺绣的。再如第十八回元妃省亲中写道："一对对凤翣龙旌，雉羽宫扇"等等。这并未写明"绣"字，实际也都是刺绣的。据清代《工部制造库料工则例》载："孔雀扇两面俱用绿缎，满绣孔雀翎，雉尾扇两面俱用霞色缎，满绣雉尾。"可见"雉羽宫扇"等等，也并不是真的野鸡毛。

刺绣有不少专门名称，如探春帐子的"双绣"，"慧绣"璎珞的"透绣"，这都是指绣品工种而言的。旧时绣品以工种分，常见有平绣、堆绣、线绣、丝绣、绒绣、透绣、双绣、戳纱、挑花等等。平绣是平针刺绣，堆绣一针压一针，绣出有立体感。线绣用粗丝线、金线等线，丝绣用极细的丝线绣，绒绣是把丝线穿在针上后，再反方向把线撅松，绣出来有毛茸茸的感觉。

透绣、双绣都是在较薄的绢上、纱上，透绣，一面看，另一面要求是平整的背面，不露任何痕迹。双绣不但不露痕迹，而且要两面看上一样的花纹，一样的色彩效果，都要有透明感。因而透绣、双绣，在上绷子刺绣时，垂直下面必须放一面镜子，针下去时，从上面看，针上来时，从镜子中看反面效果。"戳纱"是把纱按花纹的要求，用戳针刺成大小不同的孔，把戳破地方的毛边，用丝线锁成细边。"挑花"是用针挑开纺织品的经纬线，用丝线锁成一色或彩色花朵。这些绣法都是大类，各种名家还有独自的针法变化，闺房名绣用针，如画家、书家用笔一样，原是不断创新，变化无穷的。

刺绣时纱、绢、绫、缎的素地上，一般闺中绣鞋、绣荷包、绣兜肚等，都是在纸上描好花样子，剪下来贴在素地上，然后刺绣，把纸花样子就绣在线中了。第二十六回中描绘小红，有一个情节道：

　　只见一个未留头的小丫头走进来，手里拿着

花样子并两张纸，说道:"这两个花样子叫你描出来呢!"说着，向小红撂下。

这就是闺中刺绣的"花样子"，描在纸上，留下来，下次还可剪了用。大型的绣品，如蟒袍衣料、旗帜、桌帏、椅披等，以及工艺绣品，那就要把画稿直接临摹勾线在所绣的地子上，这是名绣的第一步功夫。第二是照画面要求或原画稿研究色彩，配丝线。行话道:"绣花容易配色难。"配色是联系到光学、色彩学、美学、透视学的综合学问，是有相当难度和深度的。单色花、红的、绿的⋯⋯要配得好看。第三十六回宝钗赞赏白绫、红里鸳鸯戏莲的兜肚道:"好鲜亮活计⋯⋯"这就色彩配得好。单色之间，有"配"、有"犯"，第三十五回"莺儿巧结黄金络"道:"大红的须是黑络子才好看，或是石青的，才压得住颜色"、"松花配桃红"等等。宝玉听了"松花配桃红"，笑道:"这太姣艳，再要雅淡之中带些姣艳。"莺儿道:"葱绿、柳黄可倒还雅致。"这里显示了学问，也显示了审美的水平。后面谈到"络玉"时，宝玉问"只是配个什么颜色才好？"宝钗便谈更高深的"色彩学"道：

> 用鸦色断然使不得，大红又犯了色，黄的又不起眼，黑的太暗，依我说，竟把你的金线拿来，配着黑珠儿线（珠儿线是很粗的丝线），一根一根的拈上，打成络子，那才好看。

这都是从单色的"配"或"犯"中考虑色彩的。但是复杂的绣品，艺术的绣品，如名人书画等等，只用单色相配就不可了，必须用"间色"。同一花朵，花瓣有深浅，同一枝叶，花泽有向背，画画时，泼墨可用水，画出深浅层次；用彩可调色，画出千变万化的颜色。绣花用彩色丝线，如何做到深浅变化呢？就是用深浅不同的同色丝线，交叉针法，绣出千变万化的色彩。这样每一种颜色，由极深到极浅，就不知有多少种颜色了。单一个绿色，就有四五十种不同深浅的"绿"呢。

高级锦绣衣着及工艺品，昔时分"刺绣""织成""缂丝"三种，都有悠久的传统。刺绣已如上述，是在素地纱、绢、绫、缎上用绣花针穿丝线绣出各种花朵。"织成"则是用各种彩丝，在织机上织出来。"缂丝"也是用各色彩丝，在织机上织出来，但织法不同。分别列作介绍。

"织成"实际就是织锦的发展，织锦如现在织提花府绸，是在织机上装"花板"，经、纬线用不同色彩，织出种种闪花的几何花纹。"织成"则是用更复杂的按照构图要求的花板，经纬线用多种彩色丝线，织成一件单独花纹的衣料，或者工艺品。这种织法从汉、魏以来就有。有名的晋代苏若兰的《回文旋图诗》，就是"织成"，亦记载为"织锦"。后代就更多，如唐段成式《寺塔记》记有"招国坊崇济寺后有天后织成蛟龙披袄子及绣衣六事"。另《天禄志余》载："唐、宋禁中大婚，以锦绣织成百小儿嬉戏状，名曰'百子帐'。"到了明、清则更多"织成"的各色花纹衣料。如蟒衣，有"刺绣"的，也有"织成"的。如第三回写凤姐、宝玉的衣着"缕金百蝶穿花大红云缎窄褙袄"，"二色

病补孔雀裘（《红楼梦赋图册》）

新春如意事事吉祥

雍正乙卯元旦
南□生貞女弟書 陳書

▼ 清陈书《岁朝
吉祥如意图》

金百蝶穿花大红箭袖",这都是夹金线的织成衣料,织就的都是一件件的,并不是整匹的料子。清代送人袍料、褂料,连各种补子花纹都织在上面,都是"织成"。这种工艺流传到日本,发展日本织锦工艺,十分著名。《红楼梦》中写衣着,如果是"绣"的,便加个"绣"字,如第四十九回写湘云衣着,脱掉"里外发烧大褂子",里面穿着:"靠色三镶领袖秋香色盘金五色绣金龙窄褃小袖掩衿银鼠短袄。"这里特别写明"盘金五色绣金龙",明确这花纹是"刺绣",不是"织成"。

再有"缂丝",又名"刻丝""克丝""剋丝",皆文异而音同。《红楼梦》中有的地方作"刻丝",如第三回写凤姐衣着:"五彩刻丝石青银鼠褂。"有的地方又写作"缂丝",如第七十一回贾母过寿的围屏,有一架是:

甄家一架大屏,十二扇大红缎子缂丝"满床笏",一面泥金"百寿图"的是头等。

此处有的本子也作"刻丝",有的则作"缂丝",

人民文学出版社新注释本作"缂丝"。

"缂丝"创自宋代，胡韫玉《缂丝辨》云：

> 缂丝起于宋，宋人作"克"，自当承宋人之旧。惟是命名，必有意义，"克"之于意义，究属何云，是不可不研究者也。韫玉反复思之，字当作"缂"，刻、克，皆为假借。缂丝之法，以五色线织成。然与"织"不同，故不谓之"织"，而谓之"缂"。《玉篇》："缂，绐也；织，纬也。"《说文》："绐，缝也，凡针曰绐。"《急就篇》颜注："纳刺谓之绐。"朱骏声云："纳，犹舂也。"《说文》："舂以锥，有所穿也。"缂训为绐，训为舂刺，用以为缂丝之称，最为恰当。

胡韫玉所辨十分明确。"缂丝"现在还在生产。现将苏州刺绣研究所缂丝织法略述于下：

木机，如织锦缎，经线素色生丝，纬线素色生丝，如不加彩梭，织出便如生绢。在抛纬梭同时，按照图画部位色彩要求，用如钢笔大之船形梭，梭中心挖空，一细芯绕各色彩丝线，在经、纬线交织处再编结花纹。因此织"缂丝"时，边上放数十枚绕着各色丝线的小梭子，随时取用。缂丝织物，花纹部分，是用丝线像纳鞋底一样织出来的，十分厚实，是丝织品中，牢度较强的织物。而且花纹色彩鲜艳，有立体感。以此法织成工艺品装饰，也极华瞻，宋时即著名。北京故宫博物院旧藏宋代缂丝珍品甚多，如"宋缂丝花鸟"，见于《宝笈三编》著录；"宋缂丝喜报生孙图"，有"无逸斋精鉴玺"等等多种，都是绢地。

另有"弹墨"，第三回写宝玉衣着，有"锦边弹墨袜"，第十七回写大观园桌帷椅披准备情况，有"刻丝弹墨，并各色绸绫大小幔子一百二十架"。什么是"弹墨"呢，简单说，就是墨色丝、白色丝相间织成花纹的织锦。现在杭州织锦厂织的黑白照片般的织物，就类似《红楼梦》中的"弹墨"。

丝织是我国最早的织物，刺绣、织成、缂丝等也是我国特有的美术工艺品，像瓷器一样，很早就受到世界各国的重视，是中华民族文化的精华所在。结合《红楼梦》内容略加说明，亦可稍抒对故国文物的眷恋之思吧。

# 江南风俗·京都"南风"

　　《红楼梦》的故事，反映了二百多年前封建大官僚、贵戚豪门的生活场景，在这绚丽繁华、千奇百怪的生活场景中，既显现出大量的作为全国都城的北京的风俗习惯，也显现了大量的江南的风俗习惯。

　　如生长在北京的读者，读到第四十二回中平儿对刘姥姥说："到年下，你只把你们晒的那个灰条菜和豇豆、扁豆、茄子干子、葫芦条儿，各样干菜带些来——我们这里上上下下都爱吃这个——就算了。"想象那茄子干子、葫芦条儿那种乡土味道，那种带有京郊泥土香的情调，那恋乡之情，能不油然而生吗？同样，如果一个江南人，读到第六十二回芳官对宝玉说：

"我也吃不惯那个面条子，早起也没好生吃……若是晚上吃酒，不许叫人管着我，我要尽力吃够了才罢。我先前在家里，吃二三斤好惠泉酒呢……"不是会同样产生浓厚的思乡之情吗？

第六十七回《见土仪颦卿思故里》写林黛玉"看见他家乡之物，反自触物伤情，想起父母双亡又无兄弟，寄居亲戚家中，那里有人也给我带些土物来？想到这里，不觉又伤起心来"。这些乡情愁绪，作者写得力透纸背，不只黛玉伤心，读者看了亦无不感慨。如果和黛玉同样，少时生长江南、老来流寓异地的读者看来，那感慨就更深了。

这回书写的"土仪"，是薛蟠由江南、苏州一带买来的。写到的什么笺纸、香袋、香珠、扇子、扇坠、虎丘的自行人、沙子灯、泥人戏、薛蟠小像等，在百余年后之嘉庆时顾铁卿《桐桥倚棹录》中，记苏州虎丘风物，均有十分详细之记载。俞平伯先生题了十八首绝句，其第九首云："物玩虽微亦化工，苏州巧手最玲珑。潇湘陨涕蘅芜笑，都在传神阿堵中。"就简明扼要地赞赏了曹雪芹在写南方风物时所取得的艺术效果。

## 京都"南风"形成

北京距离江南，从地理上讲，一般要隔着两三千里路，甚至更远。俗话说"百里不同风"，何况相隔这么遥远的地方。北京是在燕山脚下，西北两面都是联绵不断的山，东南两面是燕冀大平原，从地理位置、气候条件、水陆物产来说，北京应该全是北方式的风俗习惯。但是《红楼梦》写到北京存在着不少江南的风俗，这并非作者标新立异，而是忠实地反映了当时的生活面貌。要理解这个问题，必须从曹雪芹所处的那个时代的历史的、政治的、经济的、社会的、家庭的五个方面分析原因，才能了解《红楼梦》中所反映的江南风俗的必然性。

历史的原因由来已久。北京曾是辽、金、元、明、清的首都。除去辽、金只控制北方而外，到了元大都时代，北京已经是包括江南在内的全国的首都。在元世祖忽必烈等统治的六七十年中，政治比较安定，南北交通频繁。元末明初叶子奇《草木子》中道：

> 元朝自世祖混一之后，天下治平者六七十年，轻刑薄赋，兵革罕用，生者有养，死者有葬，行旅万里，宿泊如家，诚所谓盛世矣。

这话是有相对真实性的。

元代之后，到明朝，除去一个短时期在南京建都而外，自明成祖朱棣（十五世纪初）又在北京建都，直到《红楼梦》产生的年代。朱棣当权时先动迁了二万户直隶、浙江的百姓到北京落户，充"仓脚夫"。又动迁了应天（南京）、浙江三千户富民充北京宛（宛平）大（大兴）二县厢长（见赵翼《廿二史札记》）。这样北京不但受江南风俗的影响，而且有大量的居民都是江南人，这些人不但带来了江南风俗，连江南的生产方式也带来了。晚明沈德符《野获篇》记云，江南的"蛙、蟹、鳗、虾、螺、蚌之属"，在北京"潴水生育，以至繁盛"。

北京西北有丰富的水源，形成小小的水网地带，叫"丹凌沜"，有水稻、菱藕、鱼虾之利，主要都是明代江南人到北京来开垦经营的。

随着江南商旅、货物不断来京，在明代嘉靖年间，北京已出现了专门供同乡居住、聚会的江南各地的会馆；每三年一次会试，全国各地举子都来北京参加，其中又以江南各省人数最多。明代永乐之后，北京作为京师，各衙门中大小官吏，也以江南人为最多，逐渐形成一个宫廷、官僚为中心的社会阶层。这个阶层讲吃、讲穿、讲第宅、讲园林、讲书画文玩、讲娱乐戏剧、岁时节令、看花饮酒、品茗弈棋，无一不以江南为尚。在这样的历史影响和延续下，江南风俗在北京就变成最高贵、最风雅、最时尚的了。

在政治上，清代入关，因明室之旧，仍以北京为京师，典章制度也完全采用明代的。满族的风俗习惯有其特征，但总的来说，是比较原始落后的。这些人在进关之前，久慕江南仕宦人家之繁华儒雅，因而就很快地效法起来。康熙、乾隆两朝，共南巡十二次。

由一六八五年到一七八五年，这一百年中，清代统治集团，不但把江南作为常来常往的游览胜地，而且有些旗人来江南做大官，久住江南。如曹雪芹祖上曹寅，其祖辈李煦等，回到北京，在生活习惯上，还都是江南的风俗好尚，直到清末，这样的旗人还很多。如著名的《天咫偶闻》的作者瓜尔佳氏震钧，就是久在江南的旗人，习惯于江南生活风俗，其"论茶"一段说的特别清楚。也有大量的江南的人，在北京做大官，把江南风俗带到北京。清代二百六十八年，共会试一百十三科，一百十三名状元，江苏五十人，浙江二十人，安徽九人。清代江苏、安徽并称江南，这样江南、浙江两省的状元占了全国三分之二，只苏州一府就二十三人，占五分之一强，而东三省、山西、甘肃、云南则一个人也没有。

由于政治的原因，也就形成了经济的和社会的原因。

清代的漕运粮船不但运来了粮，也带来了江南的大量货物，如：松江的布，江宁的宁绸、库缎，杭州的纺绸，湖州的绉，横罗、直罗，各种纱、绣品；纸、笔、墨、砚、扇子；糖、木料、竹器、瓷器等生活必需品。在社会上，人们饮爱南酒，食重南味，曲尚南曲，糖称南糖，衣着讲南式，园林效苏杭，一说南方人，便受人另眼看待；能听懂南方话，也觉十分得意。当时北京社会上所谓南方人，习惯只指江苏、浙江、安徽一带的人。

不妨举一些显现这些影响的具体例子。戴名世《南山全集》"张翁家传"记清初园林建筑家张南垣云：

> 张翁讳某，字某，江南华亭人，迁嘉兴……君治园林有巧思，一石一树、一亭一沼，经君指画，即成奇趣，虽在尘嚣中，如入岩谷，诸公贵人皆延翁为上客，东南名园大抵多翁所构也……益都冯相国构万柳堂于京师，遣使迎翁至如绘画，遂擅燕山之胜。自是诸王公园林，皆成翁手。会有修葺瀛台之役，召翁治之，屡加宠赍。请告归，

欲终老南湖，南湖者君所居也。畅春 ▼ 颐和园苏州街
苑之役，复召翁至，以年老赐肩舆出
入，人皆荣之。


另据吴梅村《张南垣传》云："君有四
子，能传文术。"其四子中，张然，字陶
庵，北京当时玉泉山、畅春苑、王熙怡园
都是张然设计的。这是江南园林艺术对北

京的巨大影响。到了乾隆时，大修圆明园，那就更是把江南园林精华海宁安澜园、江宁瞻园、钱唐小有天园、吴县狮子林及西湖八景"平湖秋月""曲院风荷"等等景致，全部照搬到圆明园中了。

清初刘廷玑《在园杂志》记云："京师馈遗，必开南酒为贵重。如惠泉、芜湖四瓶头、绍兴、金华诸品，言万物也。"同时人柴桑《燕京杂记》记云："高粱酒谓之干酒、绍兴酒谓之黄酒，京师尚之，宴客必须。"晚明史玄《旧京遗事》记"京师筵席"，"以苏州厨人包办者为尚"。

近人徐凌霄《旧都百话》记"旧都的点心铺，明明是老北京的登州馆，也要挂'姑苏'二字"。近人陈莲痕《京华春梦录》记："都门操糕饼蜜饯业者，以'稻香村'三字标其肆名，几似山阴道上之应接不暇。"

乾隆初潘荣陛《皇都品汇》所记："苏脍南羹，玉山馆三鲜占美"，"聚兰斋之糖点，糕蒸桂蕊，分自松江"，"孙公园畔、熏豆腐作茶干"，"香橼佛手橘橙柑，吴下泾阳字号"等等，可见当时江南风味、江南物产在社会上多么普遍，多么流行。

乾嘉时钱泳《履园丛话》记成衣云："成衣各省俱有，而宁波尤多，今京城内外成衣者，皆宁波人也。"

说到文化用品、书籍、纸扇等等，那就更是以江南为尚了。琉璃厂在乾隆年间，几乎全是江南人的天下。不要说湖笔、徽墨、宣纸、苏杭雅扇，是江南人贩运、制造、经营，连大小书铺，也都是江南人所经营的。乾隆时益都李南涧《琉璃厂书肆记》记当时书肆主人云："书肆中之晓书者，惟王柳之陶、文粹之谢，及韦也。韦，湖州人，陶、谢皆苏州人，其余不着何许人者，皆江西金溪人也。正阳门打磨厂，亦有书肆数家，尽金溪人，卖新书者也。"

至于说到家庭的原因，则更易于理解。例如，按旧式说法，曹雪芹家由辽东"从龙"入关，仕宦得意，从顺治、康熙迄至雍正约百年，都身居要职。正如《红楼梦》中第十三回借秦可卿之口所写："如今我们赫赫扬扬，已将百载。"而这里特别注意的是三点：一是官大，又是重要肥缺（按，曹雪芹之祖父曹寅所任织造在清代虽只是属于内务府司员一级，也不过五、六品官，但如同皇帝钦差，权极大，钱亦多）；二是久住江南；三是有极高的文化修养。曹雪芹生长在这样的久住江南的仕宦之家，他写的《红楼梦》，固然不能说是他的自传、家传，但他在写到岁时风物、生活细节等等时，必然贯串着极为深厚的思旧的感情，像写回忆录一样去写。这样自然就会写到不少江南风物习惯。

## 南北风俗的异同

记载北京和江南风物习俗的书是很多的。这里不妨先选三种书举一两条看看。刘侗《帝京景物略》云：

> 正月元旦五鼓时……夙兴盥漱，啖黍糕，曰年年糕。家长少毕拜，姻友投笺互拜，曰拜年也。

富察敦崇《燕京岁时记》记云：

京师谓元旦为大年初一。……接神之后，自王公以及百官，均应入朝朝贺。朝拜已毕，走谒亲友，谓之道新喜。亲者登堂，疏者投刺而已。

道光时苏州顾铁卿专记吴中岁时风俗的书《清嘉录》"拜年"条云：

男女以次拜家长毕，主者率卑幼出谒邻族戚友，或止遣子弟代贺，谓之拜年。至有终岁不相接者，此时亦互相往拜于门。

三书所记，从时间和地区上讲兴拜年的习俗是相同的，而在别的方面却又有不少差别。比如拜年人来了，行礼之后，让坐吃杯茶。北京人讲究沏壶好香片。而苏州、杭州人，决不如此简慢，贫寒之家，也要泡杯糖开水，谓之"糖茶"；再加一枚橄榄泡在茶中，谓之"元宝茶"；或加一枚红枣在茶中，谓之"枣子茶"，谐"早生贵子"之意。

这就是大同小异了。但也有南北风俗完全不同的，如年夜饭和煮饽饽。

乾隆时潘荣陛《帝京岁时纪胜》"岁暮杂务"条记除夕云：

> 除夕……阖家吃荤素细馅水饺儿，内包金银小锞，食着者，主来年顺利。

《燕京岁时记》"元旦"条云：

> 是日，无论贫富贵贱，皆以白面作角而食之，谓之煮饽饽，举国皆然，无不同也。

《清嘉录》记吴中"年夜饭"云：

> 除夜，家庭举宴，长幼咸集。多作吉利语，名曰年夜饭。俗呼合家欢。周宗泰《姑苏竹枝词》云：妻孥一室话团，鱼肉瓜茄（茄子干）杂果盘。下箸频教听忏语，家家家里合家欢。

江南过年不兴吃水饺，更无"煮饽饽"的名称。《燕京岁时记》所说"举国皆然"，那是不确的。而北京则无"年夜饭"的说法，江南则特别重视。再有说法上也有差异。北京"除夕"叫"年三十儿"，即使小月，只有腊月二十九，也这样叫。江南则叫"大年夜"，除夕头一天晚上叫"小年夜"，也同北京迥不相同。现近人孙宝瑄《忘山庐日记》，光绪三十四年元旦记云："正月，朔日晴，起已日出。步至斋中盥漱毕，啖莲子及枣儿等茶，皆取吉祥之意，又食肉饺。"莲子枣儿茶是谐"连生贵子"之意，去掉花生和桂元，这是江南习惯。吃饺子，则是北京风俗。孙宝瑄是浙江钱塘（杭州）人，孙宝琦弟弟，这时在邮传部做官，家住北京宣南，是标准的江南仕宦之家，他家生活习惯，自然南北都有，是典型的"南北合"了。

至于生活习惯上的差异，就更多了。南人乘船，北人乘马，"欸乃一声山水绿"，在北方就难见到。江南女人旧时下田，北方妇女昔时很少耕作。南人多用肩挑，北人多用车推。南方楼居多，北方楼极少。旧时江南都睡床，北京多睡炕。江南人用马桶，旅居北京甚至在北京久住的江南京官，也用马桶；而北方人则不用。凡此等等，就是说也说不完的。饮食上南甜北咸，东辣西酸，南方讲究饮馔，北方就比较简单。再有语言上的分歧更大，吴侬软语，一打乡谈，北人听了，如同听外国话了。

## 江南风俗表现

《红楼梦》所描绘的江南风俗的表现大约有如下几个方面：是江南岁时情调，二是江南的生活习惯，三是江南的饮食风味，四是江南的动用长物，五是江南的人物形象，六是江南的语言称谓。从所反映的手法来看，又大略可分为两类：一是艺术化的反映，二是生活化的反映。

第四十九回、五十回写的栊翠庵白雪红梅，这回书写得实在漂亮：

已闻得一股寒香扑鼻，回头一看，却是妙玉那边栊翠庵中有十数枝红梅，如胭脂一般，映着雪色，分外显得精神，好不有趣。……

众人都笑道："就像老太太屋里挂的仇十洲画的艳雪图。"贾母摇头笑道："那画的那里有这件衣裳？人也不能这样好！"

作者先通过贾母的口问"后头又是梅花，像个什么"？反过来又说那画比不上真实"不能这样好"，这样字里行间，反映了作者自己的喜悦和自负。再看看后面贾母的几句话：

这才是十月，是头场雪，往后下雪的日子多着呢，再破费姨太太不迟。

《红楼梦》写的是北京的生活，北京旧历十月里下头场雪，这是可能的，真实的。但是北京没有种在户外的梅花，那雪坡上十数枝胭脂梅（梅花白梅多，所以邓尉林叫"香雪海"，另有绿萼，未开时花萼绿色，开时也是白的。胭脂红梅大片梅林，江南亦少)，自然是江南情调了。但是江南旧历十月间，哪里又能找到红梅呢？唐人诗"十月先开岭上梅"，那是指大庾岭，要到广东了。而在江南，农历十一月到正月间，金黄色的腊梅开花，香色十分浓郁，但这不是《红楼梦》所写的栊翠庵的梅花。那么，红梅什么时候开呢？顾铁卿《清嘉录》记苏州花期云："二月，元墓香梅花。暖风入林，元墓梅花吐蕊，迤逦至香雪海，红英绿萼，相间万重。郡人舣舟虎山桥畔，被邀游，夜以继日。"并引乾隆《吴县志》云："梅花以惊蛰为候，最盛者……邓尉山前，香花桥上，坐而玩之，日暖风来，梅花万树，真香国也。"

惊蛰一般都在正月末、二月初，"为候"，就是标准花期，而且还要看春寒、春暖，春暖就如候而开，春寒还要等两天。江南春间雨水多，常落春雪，所以白雪红梅的江南风光，是令人神往的。但那是正月末，二月初，那是春雪时的意境，不可能出现在十月头场雪中。江南十月小阳春，一般是暖洋洋天气，不大会落雪的。所以栊翠庵白雪红梅写得那样绮丽，却又有许多矛盾，把江南二月春雪红梅写到北京十月头场雪中，这就是用了浪漫化艺术手法反映的江南风物。

再如第二十七回所写：

至次日乃是四月二十六日，原来这日未时交芒种节。尚古风俗：凡交芒种节的这日，都要摆设各色礼物，祭饯花神。言芒种一过，便是夏日了，众花皆卸，花神退位，须要饯行。闺中更兴这种风俗，所以大观园中之人，都早起来了；那些女孩子们，或用花瓣柳枝编成轿马的，或用绫锦纱罗叠成干旄旌幢的，都用彩线系了。每一棵树头，每一枝花上，都系了这些物事。满园绣带飘飘，花枝招展，更兼这些人打扮的桃羞杏让，燕妒莺惭，一时也道不尽。

这段风俗写得多么美呢！而且作者在这一段中，

用了一个纯粹的南方话"物事",这是很有意境的一段江南风俗的生动反映。但是在江南民间,北京民间,是否真有这种风俗呢?迄今为止,还未听说过,而且在一些有关记载古代风俗的书上,似乎也没有记载芒种饯送花神的故事。不过也有类似的。如《清嘉录》记苏州二月十二"百花生日"云:"十二日,为百花生日,闺中女郎剪五色彩缯,粘花枝上,谓之赏红。虎丘花神庙,击牲献乐,以祝仙诞,谓之花朝。"蔡云吴歈云:"百花生日是良辰,未到花朝一半春。红紫万千披锦绣,尚劳点缀贺花神。"后面并引宋人杨万里《诚斋诗话》、地方志《昆新合志》《镇洋志》等书,写时二月十二日为花朝,花神生日,各花卉俱赏红。以十二日,为崔元微护百花避风姨之辰,故剪彩条,系花树为旛等等。曹雪芹用移花接木的手法,把江南花朝花神生日的风俗,装点在大观园中芒种节日这一天,便成为极美丽的艺术画面了,这也是浪漫与写实相结合的艺术手法。

以上所说,是作者把江南风物习俗用浪漫的手法，写成故事情节，收到美丽的艺术效果。自然更多的是用写实的手法把江南的风物习俗有意无意地写到故事中。如写夏日的潇湘馆，在三十五回中有这样几句：

> 吃毕药，只见窗外竹影映入纱窗，满屋内阴阴翠润，几簟生凉。黛玉无可释闷，便隔着纱窗，调逗鹦哥做戏。

这种情调，是江南常见的，而在北方就很难见到，这自然是作者凭印象写出的，自然而亲切。

又如写八月桂花树下吃酒情调，第三十八回云：

> 凤姐道："藕香榭已摆下了。那山坡下两棵花开的又好，河里的水又碧清，坐在河当中亭子上，不敞亮吗？看看水，眼也清亮。"

北京没有种在地上的桂花树，这也是江南情调，而且又有一个江南词语"碧清"。"碧"是入声字，在北京转为去声，说"碧绿"顺口，说"碧清"就不顺口，江南音调，入声连平声，读来就顺口。这可能是曹雪芹忆及江南生活情调，无意中流露出的南方话吧。

在生活习惯上，也有不少南方风俗痕迹的反映，如第三十一回写怡红院乘凉时的情况："只见院中早把乘凉的枕榻设下"，"起来让我洗澡去。袭人麝月都洗了，我叫他们来"等等，这些夏日生活中极普通的事，江南人感到无所谓，而在当时一般北京人生活中，则是比较特殊的。

再如第七十回写放风筝，写黛玉、探春道：

> 可是呢，把咱们的拿出来，咱们也放放晦气。
> 横竖是给你放晦气罢了。

又写"放"的情况道：

> 黛玉见风力紧了，过去将籰子一松，只听

"豁喇喇"一阵响，登时线尽，风筝随风去了。黛玉因让众人来放。众人都说："林姑娘的病根都放了去了，咱们大家都放了吧。"于是众丫头们拿过一把剪子来，铰断了线，那风筝都飘飘鹞鹞随风而去。一时只有鸡蛋大，一展眼只剩下一点黑星儿，一会儿就不见了。

这段情节，"晦气"二字，也是来源于江南的词语，不过似乎在北京已安家落户了。放风筝大家一致认为是北京的风俗，据传是曹雪芹写的《南鹞北鸢考工记》。但在记载北京风俗的著作如《帝京景物略》《燕京岁时记》等书，却只记放风筝，而未记"放晦气"，也未记剪断风筝线等等。实际这也是把江南风俗写进故事中。《清嘉录》中有"清明后，东风谢令乃止，谓之放断鹞"的记载。并引褚人获《坚瓠集》、吴长元《宸垣识略》、地方志《常昭合志》等书，均有"放断鹞"的说法。并引吴毅人《新年杂咏小序》云："杭俗，春初竞放灯鹞，清明后乃止。谚云：'正月鹞，二月鹞，三月放个断线鹞。'"

《红楼梦》这段文字，在《脂评》本中，写的更为详细。时间标明云："时值暮春之际，湘云无聊，因见柳花飘舞，便偶成一小词……"按时令讲，不但在清明之后，恐怕已经是谷雨左右了，正是江南谚语所说的"三月放个断线鹞"了。

另外，当时北京的饮食风味，满人风味的饮食固然不少，江南风味的饮食更是大量的。第十六回写凤姐让赵嬷嬷菜时，"因问平儿道：'早起我说那一碗火腿炖肘子很烂，正好给妈妈吃……'又道：'妈妈，你尝一尝儿子带来的惠泉酒。'"

这惠泉酒是江南名酒，这火腿炖肘子也是地道的南方菜，江南习惯叫"火腿笃蹄膀"。赵嬷嬷从记事就在姑苏、扬州一带，如今已同白发宫人，自然爱家乡口味；又因年老，自然更爱吃软的、烂的。所以作者随意写一个菜，也是那样亲切，于情于理都有入木三分之感。

又如第八回写宝玉在薛姨妈处喝完了酒，"作了酸笋鸡皮汤，宝玉痛喝了几碗……"这酸笋鸡皮汤更是标准的江南名馔，不是熟悉江南生活，精通江南食经，是写不出这样名汤的。

再如第六十二回所写芳官吃的"虾丸鸡皮汤、酒酿清蒸鸭子、胭脂鹅脯"等等，更是标准江南名家菜，胭脂鹅脯就是最著名的南京名产。

还有大观园中的大宗陈设，桌围、椅披等等绣货，各种帘子是苏州一带采购来的，连厨房里的东西，也往往是江南来的。六十二回写"一篓炭、一担粳米"，不但东西，连叫法也都是江南口吻。

从人物形象上看，第三回贾母说凤姐："南京所谓'辣子'，你只叫他'凤辣子'就是了。"一句乡谈，就感到十分亲切。第八十一回高鹗续书写贾政的话："前日倒有人和我提起一位先生来，学问人品都是极好的，也是南边人。但我想南边先生，性情最是和平……"这都反映了当时社会和写书人对江南人物形象的看法。另外第四十一回所写妙玉烧茶；第六十二回写芳官道："我也吃不惯那面条子。"这些都是着意刻画标准的江南人物形象，着墨多少虽各不同，但均有颊上三分之妙。

最后说到语言，有时一个地方，隔开一条小河，或一座小山，语言便两样。语音固不同，对事物的叫法，人的称谓，口头语、谚语也不一样。《红楼梦》中的江南语言，如南京话、苏州话等等，使用是很多的。最明显的如第四十六回回目"尴尬人难免尴尬事"，"尴尬"二字，直到今天，仍然没有能进入到北京话或普通话中，也没有恰当的对等的"概念"。再有关于江南话，前文也说到不少，如"物事""碧清""晦气"等等，不妨再举一两个：如"促狭"二字，便是纯粹的江南话，北京不但不理解其意义，连读音也读不出。照字面按普通话读音读，那就江南人、北京人都听不懂，不能理解了。除了单个词语外，还有江南谚语，如第七十七回王夫人说："卖油的娘子水梳头。"北京叫媳妇，不叫娘子，"娘子"本身就是江南话。这谚语原词三句："卖花娘子晚被头，卖肉娘子舔砧板，卖油娘子水梳头。"一定要用江南语音读出，才能显示神情特点，乡土韵味。王夫人随口说这一谚语时，想来也是用江南语音读的吧。

《红楼梦》内容太丰富了，所谈从举例方面来说，自然难免有挂一漏万之感。但从江南风俗表现的范围来说，我想，大概不外这些方面吧。